崎義一の優雅なる生活

フラワー・シャワー

ごとうしのぶ

角川文庫
24137

目次

フラワー・シャワー

「──いえ。退学のご意思はなさそうですが」

慎重に伝えると、

「それにしては、最近のあの子は仕事も学業も、どちらも中途半端ではないかね」

穏やかな声で返される。

マネージャーのくせになにをやっているんだ！　と、お叱りを受けるのではなく、淡々と、現状に疑問を呈された。話の流れからその指摘を受けそうだと予想していたにもかかわらず、うまい返答を思いつけなかった白石冬梧《しらいしとうご》は、しばし、黙りこんでしまった。

どちらも中途半端。

どちらもパッとしない。

マネージャーとしてお前は、このままでいいのか？　と。

都心に程近い閑静な住宅街の奥まった場所にある、年月を経て風格の増した大きな一軒家。高名なピアニストでありながらもう何十年も自宅にて子ども向けのピアノ教室を開いており、近年は桜ノ宮坂《さくらのみやさか》音楽大学でピアノの実技も教えている真鍋博子《まなべひろこ》教授の自宅である。

家の前には、3ナンバーの普通自動車が三台ほどゆったりと駐《と》められる駐車用のスペースがあり、今は、白石が運転してきた外車だけが駐められていた。正味一時間のレッスンが終わるのを運転席で待つあいだ、いつものように、携帯電話で社長秘書へ業務連絡を入れたところ、途中で、通話が社長に切り替わった。

倉田《くらた》産業の社長倉田賢虎《けんご》。

白石がマネージメントをしている、歌って踊れて演技もできて、現役の音大生(ピアノ専攻)で社長令嬢という勝ち組代表のようなアイドル『汐音《しおね》(本名は倉田汐音)』の父親で、白石の雇い主である。

その社長を相手に下手な誤魔化しは通用しない。

「白石。黒川《くろかわ》氏にはちゃんと相談しているのか?」

と続けて訊《き》かれ、

「はい」

白石は頷《うなず》いたものの、「……汐音さんが他者からの干渉を嫌うので、黒川社長としても、今しばらくは様子を見るよりないのかと」

結論を急がず、現状維持の方向であることを伝える。

芸能界の個人事務所、黒川プロモーション社長の黒川哲礼《あきのり》。

諸事情により汐音は現在（特例措置として）黒川プロモーションへ一時預かりの身となっている。公にはされず対外的なプロモーション業務のみを委託している形なので、汐音はどこの芸能事務所にも所属していないと、世間からは思われていた。

白石は黒川の部下ではないし、仕事の内容について黒川からなにがしかの指示が出されることもない。白石とて駆け出しというわけではないが、自分のキャリアとは比べ物にならないほどの実績があり、芸能界の裏表にも精通している黒川に、白石は、事あるごとに相談に乗ってもらっているし、正直、とても頼りにしていた。

汐音の大きな分岐点ともなった〝諸事情〟。

倉田社長と既知の仲である崎《さき》家の御曹司――汐音が赤ちゃんだった頃から可愛がってもらい、物心がついた頃には「お兄ちゃま」と呼び、慕っていた。もちろん血の繋《つな》がりはない――に、黒川プロモーションとの縁を結んでもらったおかげで、汐音は今も、アイドル活動を続けることができているのだ。

「……そうか」

倉田社長が頷く。

汐音は見かけによらず頑固なところがあるからな。

と、父親の顔を覗《のぞ》かせてちいさく呟《つぶや》いた社長へ、心の中で深く同意しつつ、

「ですが社長、新年度が始まって以降、やはりなかなか大学へは行けておりませんが、真鍋先生の、いえ、真鍋教授のレッスンだけは、汐音さんは欠かさず受けています」

二回目の一年生。昨年度は圧倒的に出席日数が足りず、頼みの綱である試験もろくに受けられず（得点次第では下駄《げた》を履かせてもらえたのだが）よってそもそも成績がつけられず、単位の取得はほとんどないに等しくて当然のことながら留年となった。

この春に、進んで留年を選択した汐音。

仕事と学業を両立させるのは、仕事が充実していればいるほど困難になる。一般的には世間体のよろしくないことながら、芸能人としてはむしろ誇らしいことなのかもしれない。だが、汐音の目標はどんなに仕事が忙しくとも学業と両立させることだったので、一年目にして敢《あ》え無く玉砕してしまった。

ひとつ年下の学生が同級生になること。

大学の皆《みんな》が、汐音が留年したことを知っているという現実。

負けず嫌いの汐音は本音をおくびにも出さないが、果たして、本心から望んで留年を選んだのだろうか――。

父親とはいえ娘の仕事にあれやこれやと干渉しない。倉田社長は、基本的にその姿勢を貫いていた。それは、倉田が汐音を一人の社会人として認めているということであり、全面的にマネージメントを託している白石のことを信用している、ということでもある。

多忙なスケジュールをやりくりするのは、マネージャーである白石の仕事だが、アイドルの仕事をこなしつつ、少ない時間の中でピアノの練習を続けているのは汐音の努力だ。ピアノに対する汐音の精一杯の誠意でもある。

白石としては、汐音を庇《かば》ったつもりだったが、

「ろくに練習もできていないのにか？　それは真鍋先生に失礼ではないのか」

社長からは静かに正論が返ってきた。

ああ、痛いところを指摘されてしまった。

「……はい」

真摯《しんし》な音楽教育をしている師の前で中途半端なピアノを弾くということ。みっともない音を鳴らすということ。それがどれだけ失礼なことなのか、クラシックの世界は

門外漢の白石にも、充分にわかっていた。

しかも失礼であるだけでなく、汐音のピアノはおそらく師を失望させている。汐音の努力は努力としても、成果の伴わない演奏は汐音の誠意すら疑わせることになる。寛容で辛抱強い真鍋教授は、それでも汐音のレッスンを続けてくれているのだが。

白石とて、わかっている。

このままで良いわけがない。

改めて倉田社長から匂わされた〝退学〟という選択肢――。

だが、もがくように必死に毎日を送っている汐音の懸命な思いを、汐音にとってかけがえのないピアノレッスンの場を、機会を、白石は奪うことができなかった。

――わかっている。

ここが、汐音の正念場なのかもしれないことは。


「よっ、島岡《しまおか》！」

御曹司に声を掛けられ、その晴れやかな笑顔とご機嫌な様子に、

「……どうしました、義一《ぎいち》さん？」

島岡隆二《りゅうじ》はみるみる怪訝《けげん》な表情となる。「こんな場所でお会いするとは、偶然ですか？　それとも、――待ち伏せですか？」

「やめろよ島岡」

御曹司はぷぷっと噴き出し、「待ち伏せって表現は、さすがに不穏だろ？」

だがどんなに島岡が怪訝そうにしても、御曹司はご機嫌なままである。

「……不穏」

本当に待ち伏せされたとなれば不穏どころではない。〝出待ち〟ならば、まあ、ぎりぎり、許容範囲だが。

仕事で初めて訪れた、山が多く海にも面した都心からやや離れた風光明媚《めいび》な地方都市。有料駐車場に駐めておいたクルマの前。待ち合わせでもしていない限り、ここで偶然に御曹司と会う確率は限りなくゼロだ。

「なんだよ島岡、せっかくのサプライズだったのに」

御曹司がわざとらしくむくれる。

父親の秘書である島岡のスケジュールをゲットするのは御曹司にとって朝飯前だが、それにしても、だ。

サプライズとは、相手を喜ばせるのが前提のはずで、

「ご期待に添えず申し訳ありませんが――」

そういう意味で今回は、むしろ逆効果だった。

否定しかけて、ふと気づく。

「義一さん？　もしかして、この辺りでしたか？」

なにやら肩入れしているという農家の一件。

この辺りにはいくつもの山があり、海があり、一日の気温差は激しく、霧も立つ。そして年間の気温は低過ぎない。

「大正解。オレが説明する前に気づくとか、本当に島岡は察しが良いなあ。覚えててくれて嬉《うれ》しいし、ということで、はい、これ。島岡にお土産」

御曹司がにこにこと、後ろ手に隠していた小ぶりのシンプルな紙袋を差し出した。

「お土産？　ですか？」

「だって島岡、ここの仕事が終わったらその足で、東京支社には戻らず、帰国するんだろ？」

「はい、そうですが」

それもまた、よくご存じで。

今回は十日間ほどの日本への出張、本日が最終日。島岡はここでの仕事が終わり次第、最寄りの空港から飛行機に乗りアメリカへ帰国する予定だった。そのために今日使用しているのは社用車ではなく、空港で乗り捨てできるレンタカーなのである。

「だから、日本でのお土産をね。まあ差し入れってことでもいいけど、どっちでも」

渡された紙袋の中を覗くと、更に小さな細長い袋が。

早速、細長い袋を取り出した島岡は、印刷のない茶色い袋のやや硬い紙質と袋の上からのやや凹凸のある手触りとで、

「中身はお茶ですね？」

と訊く。

「ご明察！」

御曹司はご機嫌に笑い、「そう、お茶はお茶でも、和紅茶だよ」

「わこうちゃ？　——ああ、日本紅茶のことですね」

「前に、跡継ぎがいないから自分の代で廃業するつもりだという、農家のおじいさんの話をしただろう？」

「ええ、伺いました。廃業するには惜しい、良質の農作物を育てていると」

「日本茶の農家さんなんだよ。廃業するには実に惜しい良質の茶葉を生産しているけ

れども、いろいろと先細りだと悩まれていて」

　葉を蒸して手作業で煎茶《せんちゃ》に仕上げる腕はすこぶる良いし、良質の茶葉が育つ環境にも恵まれている。だが好条件が揃っていても農家を続けられないケースもある。

「好条件が揃っているのに、先細り、ですか」

　不利な条件を改善し業績を上向きにさせるのは困難ではないが、条件が整っているのに先細りしているとなると、かなり厄介な状況だ。

「そこで、別件で小耳に挟んだ、地産地消の取り組みを始めたばかりの農業高校を紹介したんだよ。いくつかの市をまたぐけど、偶然にも双方とも同じ県内だし。ゼロから何かを立ち上げるのはさすがにハードルが高いが、既にそこにある、失うには惜しいものに工夫を加えて再生させるのは、さほど難しくはないからな」

「なるほど。両者のマッチングが見事に成功し、この和紅茶が誕生したと？」

「そういうこと」

　満足げに頷いた御曹司は、「ただし、ぜんぜん楽勝ではなかったけどな。そもそも一切発酵をさせず最後の最後まで発酵を止めまくって作られる緑茶と、とことん発酵させて作られる紅茶では、同じ茶葉からであっても、作業工程がまったく異なるからな。農家さんとしては、これまで親の仇《かたき》のように発酵を止めまくっていたのに真逆な作業になるわけだろ？　老後に差しかかっているのに人生初の挑戦を決意した農家さんと、その農家さんの姿に刺激を受けて大いに発奮した高校生たちとが、一丸となって苦心惨憺《さんたん》して、山のように失敗を繰り返して、ようやく商品化の一歩手前にまで、漕《こ》ぎ着けたのさ」

「それは……、素晴らしいですね」

ようやく？　そういえば、農家のおじいさんの話は、御曹司がリタイアする以前から聞いていたのだったな。

全ての仕事から、どんなに周囲に強く引き留められようときっぱりとリタイアしてしまったのに、気掛かりな（それまで抱えていた仕事に比べれば遥《はる》かに些細《ささい》な）案件には、変わらず対応していたのか。

〝凪《なぎ》〟だと称していたのにな。

「この和紅茶をきっかけにしてそれまで作っていた煎茶や玉露にも、再び人々の関心が向くのを期待しているんだけどさ。あと、後継者の出現、とか、ね」

「……後継者、ですか」

静かに返した島岡へ、

「まあ、どれも一筋縄ではいかないけどな」

からりと笑った御曹司は、「パッケージデザインはまだブラッシュアップの最中なんだが、茶葉の品質を保持する袋の材質はこれでばっちりだし、これはもうぜひとも島岡に自慢しなけりゃなと思って、島岡が飛行機に乗る前に届けに来たというわけさ」

「この和紅茶が自信作なのは理解しましたが、義一さん、つまり、自慢をするだけのために、わざわざここへ？」

「そ。島岡に自慢したいがために、わざわざスケジュールを調べて、ここへ」

御曹司は子どものような悪戯《いたずら》っぽいウィンクをして、「ま、半分は冗談だけど。たまたま、今日のオレの行き先と、島岡の行き先が近かったからさ。少しだけ足を延ばしたのさ」

行き先が近かったのはたまたまだったのかもしれないが、

「冗談はさておき、無事にお会いできて良かったです」

近くにいようと、ちょっとした行動の差ですれ違うこともある。ちょっとの差で、これを受け取れずに帰国していたら、自分はとても残念に思ったのだろうな。

島岡は、和紅茶の袋へ視線を落とした。

それにしても。毎度のことながら、御曹司はどこから聞き付けてくるのだろう。先細りの不安に苦しむ高齢の農家や、地産地消の取り組みを始めた地方の農業高校のことなどを。

崎義一、通称ギイ。神出鬼没の御曹司。

世界的大企業Fグループのトップである彼の父親の複数いる秘書のひとりが島岡だ。島岡隆二。ファーストネームもラストネームも日本名だが国籍はアメリカ。よって、島岡が日本にいるときは海外出張中である。

Fグループトップの長男（しかも息子はひとりだけ）である御曹司は、世間的には当然のように跡取り息子として認識されていたのだが、成人後の彼は父親の仕事に一切関わらなかったし、父親も関わらせようとしなかった。——幼い頃から〝お使い〟という名の〝外交〟にはしょっちゅう駆り出されていたのだが、当時でもそこにビジネスの匂いがし始めると、さっと退場させられた。

親の事業を受け継ぐよりも、自分で事業を開拓すべし。

後継者の第一候補でありながら、親子共々、跡継ぎ問題は眼中になかった。親の跡を継ぐよりも自力で親の事業を越えてゆけ、という父親の方針に対し、御曹司は生き生きと受けて立っていた。

要するに、似た者親子なのである。

二十歳そこそこで、親から課せられていたノルマを全て無事にやり遂げ、晴れて自由の身になった御曹司は、ついに本領発揮とばかり世界中でありとあらゆる事業を興した。立ち上げた事業が軌道に乗ると、まとめ役として育てていた現地のスタッフに権限を渡す。世界中のそこかしこで仕事を産出し、様々な人材を育て、また事業者と事業者との橋渡しもする。

本人は一定の場所にいることはないが、常に、中心に、御曹司がいた。

たとえ名前は記されていないとしても関わった事業の膨大なこと。――そうだ、高校時代から常に〝暗躍〟していたと、御曹司の恋人が話していたな。

人というのは変わらない。

御曹司は他者の才能を見抜く天才であり、人と人とを繋ぐ天才であり、投資を惜しまず、見込んだ者へ裁量を委《ゆだ》ねることにも抵抗がなく、本人は風のように世界中を飛び回り、そうして、たくさんのものを生み育ててきたのだ。〝仕事〟という名前が付こうと付くまいと。

「島岡、後で感想を聞かせてくれよ。忌憚のないご意見を」

「わかりました。ありがたくいただきますし、遠慮なく感想をお伝えします」

当てにしてもらえるのは素直に嬉しい。

――人というのは、変わらない。

気づけば凪の中にいた、と。

自分を突き動かすものがなくなってしまった、と。

まだ二十代の若さなのに、気づいたら燃え尽きてしまっていたのだ、と。

そして、膨大な全ての仕事から手を引き、現在は無職であるはずの御曹司。なのに、彼は片時も立ち止まっていない。

だが確かにほんの数カ月前の御曹司は、本人が凪と説明したように、ぴたりと動きを止めてしまったのだ。動くに動けなくなってしまったと辛《つら》さを滲《にじ》ませていたのだ。

だから彼は、今、日本にいる。

かけがえのない恋人の住む国で、新しい生活を始めるために。

――なのに。

島岡へ渡された和紅茶。

「現金なものですよね」

「あ？　なにが？」

「いえ、別に」

昨年、たった一年の間に、ゆるゆると動けなくなっていった御曹司が、電池が切れつつある玩具《がんぐ》のようになにもかもが緩慢になり、瞳《ひとみ》の輝きすら失《う》せつつあった彼が、たったひとりの存在によりあっさりと復活した。――目の前にいる御曹司を以前の関係者たちが目にしたら、即刻、戻ってこいとせっつくだろう。

どんなに激しくせっつかれようと、どこへも戻る気はないのだろうが（でなければ、あんなに見事にすべてを手放してしまわないだろう）、戻らずとも、既に動き始めている。

仕事という名前こそ付いていないが、御曹司は恋人との新たな生活を得て、再び生き生きとなにがしかを生み出し始めている。

それを暗躍とは呼ばないだろうが。

「本音を言えば、和紅茶のプロジェクトに私も参加したかったですよ、義一さん。ご自分だけ楽しむなんてずるいですよ」

「ずるいって、島岡……！」

御曹司が噴き出す。「さすがに簡単には呼び付けられないだろ？　ここは日本だし」

「今更なにをおっしゃいます」

これまで、どれほどの無理難題をあっけらかんと島岡へ投げてよこしたことか。彼は、不可能のコーナーぎりぎりを攻めてくる。――故に、燃える。

ハードルが高ければ高いほど、島岡の秘書魂に拍車がかかる。

島岡だったらこれくらいこなせるだろ？　と言わんばかりに突き付けられる要求に、挑戦状とも受け取れる無理難題に、それだけ自分が御曹司から見込まれているという誇らしさと共に、難解なパズルを前にしたときの高揚感が生まれた。

実に楽しい。

だからこそ、もうずっと、かれこれ十年以上も、島岡は御曹司からのオーダーに進んで振り回されているのである。

と、島岡のスマホにメールが着信した。アメリカへ発《た》つ寸前の滑り込みのように。

「──おや、珍しい」

島岡が、スマホの画面を見て呟いた。「ふむ。今年は意外な人から連絡が来る年まわりなのでしょうかね」

いくつか持っているケータイのうち、このスマホは日本国内にいるときのみ使用しているもので、日本を出るタイミングで一切繋がらない設定に変えていた。日本国内ではとても使いやすいのだが、そもそも日本国内でしか使用できないスマホであり、いつまた日本を訪れるのかわからないのに留守番電話にしておくと、メッセージを吹き込んだのにいつまで経ってもレスがない、と、トラブルのもとになりかねない。

日本での仕事は日本のスタッフが回すのが会社の基本的な方針である。島岡は必要以上に関わらない。きっぱりと線を引いておくことが、有効なトラブル回避の安全策でもある。

「そうなのか？　へえ？」

御曹司が興味津々に頷く。

「いくら義一さんにでも、どなたからなのかはお教えできませんよ？」

島岡がからかうと、

「だよなあ」

御曹司は素直に引き下がる。

着信したのが恋人の葉山託生《はやまたくみ》のスマホならば、興味を惹《ひ》かれるままに画面を覗き込むだろうが、さすがに御曹司と島岡の仲であっても、それはしない。

気心の知れた、少し年の離れた兄弟のようなふたり。

父親の秘書とは、いくらFグループトップの秘書であれ、つまりは会社に雇われているしがない従業員の身なのだが、御曹司の島岡への無理難題は、雇ってやってるのだから好き放題している、というニュアンスではない。

幼い日の御曹司は、シンプルに島岡に懐いた。島岡が複数いる秘書の中で最も年下で、まだ若く、自分と年が比較的近かったからなのか理由は定かでないのだが、気づくと、とても懐かれていた。

島岡はといえば、幼き日の御曹司の無邪気さに、――要するに、やられたのだ。その類《たぐ》い稀《まれ》なる聡明《そうめい》さに、目が離せなくなったのだ。

以降、仕事とそれ以外とを可能な限り切りわけて、付き合っている。この関係が大切で、やがて御曹司の手足として動けなくなる日が来るそのときまで、ただただ、この日々を楽しんでいたいから、自分のためにも御曹司のためにも、極力公私混同を避けるべく。

「すみません、少々お待ちください」

島岡は素早くメールの内容をチェックして、返信を打ちながら、「義一さんは、夏もずっと日本にいらっしゃる予定ですか？」

スマホの画面から目を離さずに訊いた。

「多分そうなるかな？　せっかくの夏休みなのに託生の予定がびっしりで、どこへも出掛けられそうにないからな」

「ひとりでお出掛けになる計画は？」

「ないなあ。オレもべったり家にいるわけではないけど、託生を残して旅行とか、ないな。遠出をしたとしても日帰りだし。託生の仕事の邪魔はしたくないが、帰宅してからは一緒にいたいからさ」

「そうですか、実質、夏休みはなしですか」

軽く頷いて、「働き者ですね、葉山さんは」

「だよなあ。——ハッ！　もしかして佐智《さち》のやつ、恒例のサマーキャンプだけでなく、託生に夏休みを与えないつもりじゃないだろうな。夏休みの期間中、ずーっと束縛する気じゃないだろうな。いくら雇い主でも、横暴が過ぎるぞ」

「さすがにそんなことはないと思いますよ」

横暴とか、大袈裟《おおげさ》な。

「はあぁ……」

御曹司は大きな溜《た》め息を吐くと、「託生はさあ、いい加減に雇い主を、佐智からオレへ乗り換えるべきなんだよ」

やれやれと肩を竦《すく》める。

「無職の義一さんにですか？」

「だが給料は払えるぞ。託生の言い値を出すよ」

「言い値——」

確かにそれは太っ腹だが、「お金だけの問題ではないですよね？　ご存じと思いますが」

釘《くぎ》を刺すように続けた島岡へ、御曹司は器用にも、ひょいと片方だけ眉《まゆ》を上げると、

「……まあな」

と、同意した。

お金だけの問題ではない。

なにもせずお金だけをもらう人生。広い世間にはそれが平気な人もいるだろうが、少なくとも島岡は労働等の対価ではない金銭など、精神がじくじくと腐ってゆきそうで恐ろしかった。仕事とは、単に金銭を得るためだけの行為ではないのだ。そして勝手な推量だが、御曹司の恋人もそれは性に合わないのではあるまいか。

御曹司の提案に葉山託生を乗せたければ、解決法はひとつ。――御曹司がまた仕事を始めればいいのだ。

ちゃんと仕事を始めて、正式な社員として雇った上で、御曹司が渡したいだけ葉山託生へ給金として支払えばいい。

「ところで島岡。話は変わるが」

ふと、御曹司が真面目な表情になった。

「――はい」

島岡も、心の中で居住まいを正す。

「祠堂《しどう》のメンテナンス、今年もおこなってくれるのか?」

「セキュリティシステムのですか? はい、例年どおり学院の夏休み中におこなう予定です」

「……ありがとうな」

しみじみと礼を述べる御曹司へ、

「義一さん、作業員に交じって行かれますか?」

島岡はさりげなく気をまわす。

「いや? 島岡たちに任せておけば大丈夫だし」

「そういう意味ではないです。文化祭などで卒業生として訪校することは普通にできますけれど、義一さんは、もう少し深く母校にかかわりたいのかと、以前から感じてまして」

「……鋭いな、島岡」

「裏側から学校の様子を見たいのであれば、スタッフとして参加するのはアリだと思います。あのセキュリティシステムが稼働し始めてからかなりの年数が経っておりますので、そろそろ撤収のタイミングかもしれませんし」

「撤収？　もうか？　あれは、そんなにヤワではないだろ？」

「もちろん、今日の明日《あした》のという話ではありません」

島岡はすかさず注釈を入れる。「撤収するとしても、いつの、どのタイミングなのか、はたまた撤収ではなくいっそバージョンアップさせてしまうのか、どうなるにしろその辺りの判断や決定権は、私たちスタッフにはありませんので。なので、義一さんがかかわるのは、これは飽くまで私個人の意見ですが、アリだと思います」

「……そっか」

ちいさく頷いて、御曹司は嬉しそうに口元をほころばせる。

和紅茶といい、恋人へのスポンサードといい、母校のセキュリティシステムのメンテナンスといい、ひとつひとつの発想の前向きなこと。

昨年の御曹司には、まったく見られなかったコンディションだ。

「義一さん、リタイアのリタイアは、現役復帰は、そろそろですか？」

島岡が尋ねる。

「オレ、調子良さそうに見えるか？」

「はい。絶好調に見えます」

「だが本調子ってわけじゃないぜ？」

「そうなんですか？」

「この夏休みだけじゃない。オレは、しばらく日本から離れる気はない。託生から離れたら、またオレの凪が始まる。また動きが止まる。そんな気がする」

「──そうなんですか？」

傍《はた》から見ている限りでは、とてもそのようには感じられない。

「あいつがいないとダメなんだ」

微笑みを浮かべて御曹司が告白する。「託生がいないと、世界から、きらめきが消える」

なにもかもが色褪《いろあ》せてしまう。

仮に、遠く、離れ離れになったとしても、この愛情が薄れることなどないけれど。

「今はひたすら、託生との時間を貪《むさぼ》っていたい」

「いつまでですか？」

間髪容《い》れず島岡が訊く。その語気が、島岡には珍しい強さだった。

「──え？」

「義一さんの気が済むまでですか？」

「え？　それ、期限を切る必要があるのか？」

御曹司は僅《わず》かに狼狽《ろうばい》する。

「必要と言いますか——」

島岡はハッとして、「すみません、差し出がましい発言でした」

「いや、そこは気にしなくていいけど」

「ですが、目安があると、ありがたいです」

「もしかして、指針にしたいのか？」

「……そうですね」

「そうか……」

ならば迂闊《うかつ》なことは言えない。無責任なことは、絶対に言えない。「正直、いつ気が済むのか、自分でもわからないよ」

「一生、などと言われると、さすがに怖いですけれど」

冗談めかして島岡が返す。

「そうか？　怖いか？」

御曹司も冗談めかして笑う。

「私としては最も望ましくない形なので。日本国内だけに居続ける義一さん、というのは、さすがに宝の持ち腐れかと思われますよ」

「そうかあ？」

御曹司がにやける。「島岡に誉められるのは嬉しいな」

「誉めたつもりはありません」

単なる事実だ。

崎義一には、この島国の中だけに停《とど》まっていてもらいたくない。

「島岡にそのつもりはなくても、オレは嬉しい」

悪びれない御曹司は、「和紅茶を届けに、ここまで足を延ばした甲斐《かい》があったよ」

ますます嬉しそうに笑った。


「これは、ここにして、……うっ」

怖い。

できるだけ、怖くないように、これを、こっちに配置して……。

「……ぅう、……やっぱりダメだ」

たまらずに紙面から顔を上げ、葉山託生はハッとする。

まずいことに井上《いのうえ》教授とばっちり目と目が合った。——更にまずいことに、にっこりと微笑まれてしまった。

ただ微笑まれただけなのに、しかも、飽きるほど見慣れているはずなのに、託生は軽い感動を覚えた。

世の中には、どうしてこんなに美しい人が存在しているのだろうか！

奇跡だ、これは……。

ではなく！

井上教授こと井上佐智。

幼い頃から世界を股《また》にかけて演奏活動をしている若き天才バイオリニストであり、ここ、桜ノ宮坂音楽大学でバイオリンを指導している（たいそう若き）教授である。

見目麗しく、年齢不詳で、おまけに大企業の社長令息というハイスペック。

託生と同い年だが、年下に見えることさえある、〝天使〟とも形容される透明感溢《あふ》れる麗しさの、魂が洗われるような微笑みには、反面、心の奥底を見透かされるような、悪いことなどしていなくても、なぜか、後ろめたい気持ちにさせられる。

託生は咄嗟《とっさ》に目を逸《そ》らす。

見られてしまった！　いや、聞かれてしまった！

というか、教授の落ち着きっぷりからして、おそらく、そこそこ前から自分の挙動不審な様子は観察されていたのだろう。——恥ずかしい。

桜ノ宮坂音楽大学の井上教授室、大学から、教授ひとりにつき一部屋ずつ割り当てられている鍵《かぎ》のかかる個室で、自由度も高いので、滞在時間（と使用期間）の長い教授ほど、特色が濃く表れていた。

比較的シンプルな印象を受ける井上教授室の室内には執務用のどっしりとした机と椅子、デスクトップのパソコンや簡易ながらも来客用のソファセット、学生との個人レッスンに使われるグランドピアノなどが、広い空間にゆったりと配置されていた。

そのソファセットを使用し書類へボールペンを走らせながら作業をしていた託生は、

「いえ、井上教授、今のは、その……」

無駄な抵抗だろうなと自覚しつつも、一応否定を試みる。

井上教授は微笑んだまま、

「かれこれ十年」

と、意味深長に短く返した。

「……はい」

そう、かれこれ十年。

「葉山くん、さすがに要領は心得ているよね？」

「はい。……さすがに、はい」

肝試しの配置、お化けと怖がらせスポットの。

「パズルみたいなものだろう？　パーツも決まっていることだし、適当にぱぱっと組んでしまえばいいのに」

「それはそうなんですが……」

具体的に配置を考えようとすると、どうしても、具体的に、装置のあれやこれやを思い出してしまい――。

「感受性が豊かというのも困りものだよねえ」

「からかわないでください。ぼくのは、単なる、怖がりです」

「うん、知ってる」

汚れのない天使のルックスでスパンと打ち返してくる井上教授。そのギャップにも、うっかり萌《も》え。――ではなく。

井上教授室に常駐し、事務をこなしている託生は、学生たちからは、肩書こそは助手だが、大学のスタッフで井上教授室に配属されているただの事務員と思われている。実際は、井上教授に直接雇われ、大学に派遣されている、状況によっては教授の代理で実技指導の一端を担うスタッフである。

現在の上司（雇い主）であり、学生時代にはバイオリンの指導教授でもあった井上教授は、毎年夏休みに、クラシックの演奏家を目指す中・高生向けのサマーキャンプを開催しており、託生は大学在学時からほぼ毎年のように、進んでボランティアスタッフとして参加していた。そして、なぜか、ほぼ毎年、この作業を任されていたのだ。

「葉山くんが筋金入りの怖がりだということは、耳にたこができるくらい聞かされて知っているけれど、その作業のどこが怖いのかは、残念ながら、さっぱり僕にはわからないな」

「いちいち想像しているわけではないんですが……」

「勝手に目の前に映像が浮かぶのかな？」

「それに近いですけども、というか、あの、井上教授、お言葉を返すようですが、なのになぜ一度も検討してもらえないんでしょうか？　適任、他に、いますよね？」

「え？」

井上教授は意外そうに目を見開き、「だって、葉山くん以上の経験者がいないから」

当然のように答えた。

――かれこれ十年。そう、十年もこの作業をしているのが託生なのだ。

「もしかして、井上教授、ちっとも慣れずに、いつまで経っても怖がっているぼくを、密《ひそ》かに面白がっていませんか？」

「人聞きの悪いことを」

一笑に付された後、「本来、面白がるのは、その作業をする人のはずなんだけど？」疑問形で返される。

「残念なことに、ぼくには、肝試しの配置を工夫することが面白いと感じるセンスがぜんぜんありません」

どうすれば、より参加者を怖がらせられるのか。思惑どおりに怖がらせるのを楽しみにするセンスが、託生にはない。

「そうなんだ？」

またしても意外そうな井上教授の、摑《つか》みどころのないこの感じ。

――ああ、そうだった。この人もギイと同じタイプだった。無類の面白がりで、その上に、鋼のハートの持ち主である。

鬼に金棒の美丈夫たち。

要するに託生は、人を怖がらせるにしろサプライズで喜ばせるにしろ〝企画もの〟全般があまり得意ではないのだ。そんな託生の身近にはなぜかそれ系が得意な人が集まっている。〝類は友を呼ぶ〟の逆の法則である。

「今年の会場はかなりの山奥だし、特に凝った仕掛けをしなくても、林道の散歩コースに順番にパーツを並べただけでバッチリだと思うけど？」

「……そ、それは、そうなんですが」

サマーキャンプ名物三日目夜の〝肝試し〟。

ここで一気に、全国から集う参加者の親睦《しんぼく》を深める。

井上佐智が主催するサマーキャンプは、かの井上佐智が中心であるだけでなく、指導を行うのも現役の有名演奏家や指導者たちで（どちらも日本人とは限らない）、期間は八月の十日間程、参加費用は高くなく、よって、毎回とんでもない数の参加希望申し込みがあった。

狭き門なので複数回の参加は認められていない。毎回、初参加の子どもたちが集まり、初めての場所で、初めて顔を合わせ、それだけでも緊張するが、初日から名だたるプロフェッショナルの大人たちに囲まれるのだ。公用語が英語ということもあり、通訳が入るとはいえ雰囲気に圧《お》され、どうしても子どもたちは硬くなり、本来の演奏とは程遠いスタートとなる。

緊張しまくりの子どもたちの、人見知りや遠慮などによるぎくしゃくとした空気感に大きな変化を生じさせ、皆で共に音楽を学んでゆくモチベーションをガツンと上げていくきっかけにと用意されているのが、三日目の夜の、大人も子どももごちゃまぜの肝試しである。

「苦手というけど葉山くん、毎回良い配置をするよね。矛盾してるなあ」

「そっ、そんなことは、ありません」

そんなはずはない。

「しかも、この手のものが大得意の義一くんの力も借りず」

「そ、それは、これは、ぼくの仕事なので」

「でも義一くんのことだから、面白そうだなオレにもやらせろとか言って、勝手に手を出してくるだろう？」

「阻止してます」

どんなに苦手でも、これは託生の仕事なので。

「誰の力も借りずに毎回きちんと仕上げてくれる、その責任感も素晴らしいけれど、怖い怖いと怖がりつつ葉山くん、無意識に、最も怖い配置にしちゃってたりして？」

「違いますっ。そんなわけ、あるわけないじゃないですかっ」

むしろ、できるだけ怖くないよう託生なりに苦心している。暗い夜道をただ歩くだけでも充分に怖いのに、もっと怖くさせるとか、あり得ない。

「むきになっちゃって。図星かな？」

「冤罪《えんざい》ですっ、井上教授っ！」

つい声を荒らげて、「で、でしたら今年はぜひとも別の人に！　ぼくは、謹んで辞退させていただきますっ」

書類を井上教授へ差し出したとき、井上教授のスマホが鳴った。

「——あれ？　サイレントモードにするの、忘れてたかな？」

井上教授はブリーフケースのサイドポケットからスマホを取り出す。

着メロは懐かしき黒電話の音。井上教授曰《いわ》く、黒電話風のこの音は電子音ながら雑多な生活音の中にあっても埋没することなく、音が立つのだそうだ。

確かに、耳につく。

着信があっても、もちろん状況によりけりだが、先方の名前だけを確認してそのまま留守番電話に切り換わるまで放置することの少なくない井上教授が、

「おっと、この電話は出ないわけにはいかないな。話の途中ですまないね、葉山くん」

と言ったので、託生は素早くソファから立ち上がった。

退室を促されたわけではないが、

「教授、予約しておいたランチボックスを受け取りに、カフェまで行ってきます」

託生がいるよりいない方が、どんな内容であれ話をしやすいのは明らかで。

退室ついでに用事も片付けてこよう。

「ああ、ありがとう。頼むね」

にこやかに託生へ伝えてから、井上教授は通話の表示をタップした。

後ろ手に静かにドアを閉じ、託生はカフェへ向かう。移動中に、託生の仕事用のスマホにも着信があった。電話ではなくメールの方だ。

仕事のメールは仕事用のスマホに届く。高校時代にギイから渡され、ある日を境にブラックアウトしてしまったとてつもなくハイテクのケータイを使えもしないのにずっと持っていたのがきっかけなのか、託生は自然にケータイの複数持ちになっていた。

プライベートのスマホもある。ギイからの連絡はそちらに届く。

仕事用のスマホへは井上教授の助手としての連絡が届く。この時期、託生はサマーキャンプの窓口も務めているので、雑多な連絡事項が逐一託生の元へ集まってくる。サマーキャンプに関して、託生は決定権はひとつとして持たないが、届いた連絡事項を各々の責任者へ転送し、指示を仰いで手配に動く。主としてサマーキャンプに参加する子どもたちのサポートや、指導以外の演奏のみで参加を希望している演奏家たちのスケジュール管理など、夏に向けて、仕事は細かく、忙しくなっていた。

『至急。サマーキャンプの会場変更について井上教授へ確認をお願いしたく』

とのメールの件名に、

「え？　会場の変更？」

託生はひやりとした。

去年の夏には、既に今年の会場を押さえていた。

サマーキャンプの開催は十日間程だが、準備や片付けを含めると二週間は会場を使用することになる。八月に二週間の貸し切りが可能で、存分に楽器も奏でられる環境で、快適に宿泊ができて、なにより子どもたちが安全に過ごせる場所、を、――至急、探さねばならないという案件なのか、もしかして？

適当な場所はあるだろうが、そこが借りられるかはまた別の話で。というか八月まで二カ月しかないのに？

ヤバくない⁉

ますますひやりとしつつも、

「でも、このタイミングで、助かった……」

託生はホッとする。

数日前には帰国していた井上教授だが、大学へは本日からの出勤だった。日本国内にいてもすぐに連絡が取れる保証はなく――電話はできるが、前述したように、たいていの場合は留守電対応なので――すぐに返事を得たくとも、なかなかこちらに都合良くとはいかない。

が、なんと今日は終日、井上教授は教授室にいらっしゃるのだ。問い合わせも相談も、し放題なのである。どんなにヤバい案件でも、井上教授の主導の元でならば、きっと、なんとかなるだろう。

井上教授は電話中なので、今すぐ踵《きびす》を返して戻ったところで報告するにも電話が終わるのを待たねばならず、どのみちすぐには対応してもらえない。なので託生はそのまま大学構内のカフェへ。とはいえ無意識に足取りは速くなる。

朝のうちに電話で予約しておいたランチボックスを受け取ると、

「葉山さん、いつもありがとうございます」

スタッフが満面の笑みで、丁寧に、白いボックスを手渡してくれた。

このランチボックスはシェフ特製井上教授専用の裏メニューで、託生が自分用にオーダーしても、残念ながら通らない。本日のように、井上教授のオーダーに便乗するのは、お目こぼししてもらえた。

ということで、スタッフの言う「いつも」とは、託生に向けてではなく、井上教授に向けてである。

支払いを済ませて、

「いえ、こちらこそ」

と挨拶《あいさつ》を返し、託生が立ち去ろうとすると、

「それから葉山さん、こちらは、店長からのサービスです」

スタッフが小ぶりの白い箱を差し出した。

「……サービス？」

「新作のケーキです。それで、あの、図々《ずうずう》しいお願いなのですが、もし召し上がっていただけたなら、井上教授の感想を聞かせていただきたいのですが」

「感想を、ですか？」

「いえ、感想といってもかしこまったものではなくて、カジュアルな、ちょっとしたもので、ぜんぜんかまわないのですが、……無理ですか？」

「確認させてもらいたいんですが、井上教授の感想を聞いて、そちらは、どうするんですか？」

「あ、えーっと、……ちょっとした宣伝に？　使わせていただきたい、かな、と。久

しぶりの新作ですし、井上教授が美味《おい》しいとおっしゃったならば、箔《はく》がつきますし」

「……箔、ですか」

「いえ！　無理に、ということではないです。ぜんぜんっ」

スタッフは恐縮して、しきりに手を振る。

ケーキの感想などおそらくたいしたことではないのだろう。だが、井上教授に関しては、迂闊な対応はできない。——利用したがる輩《やから》が、山のようにいるからだ。

とはいえカフェの店長には、いつも特別な便宜を図ってもらっている。

「わかりました。教授には一応お伝えしますがあまり期待はなさらないでください」

託生は敢えて〝一応〟を強調したが、

「はい！　ありがとうございます！　よろしくお願いいたします！」

スタッフは深々と頭を下げた。

託生も、スタッフほどではないが丁寧に一礼してから、カフェを後にした。

始めたものには終わりがくる。

始め方は意図しない形でもかまわない、過程でいくらでも修正が利くから。

けれど〝終わり〟は慎重にせねばならない。

真っ白な半紙へ筆で墨を落とす慎重さで。

悔いを残さないように。

そして、もし叶《かな》うのならば。

――そこへ愛を残してゆきたい。

枯れない愛を。

闇夜を導く灯台のように、明るい未来を指し示すことが、どうか、叶いますように。


最後の音を弾き終わり、グランドピアノの鍵盤《けんばん》からゆっくり両手を離す。

無意識に、先生の目から逃げるように譜面台へページを開いて立てていた大判の楽譜の陰に横顔を隠して、ふぅとちいさく息を吐いた汐音へ、

「倉田さん、とても頑張っているわね」

年代物のグランドピアノが二台並ぶレッスン室、手前のピアノを使用している汐音の斜め後ろの壁際の椅子に軽く腰掛けて、朗らかに、初老の婦人が伝えた。

背後から掛けられたいつもと変わらぬ優しい声にホッとすると同時に、汐音は、たまらなく申し訳ない気持ちになる。

頑張っている。その評価に見合う自分だろうか――？

頑張っている。確かに、これでも、自分の精一杯ではあるのだが。

汐音が幼い頃から個人的に師事していて、進学した桜ノ宮坂音楽大学でもピアノ科の指導教授として師事することとなった真鍋博子教授。高齢の今も年に一度は聴衆を前にしたピアノの演奏会を開催しているが、プロのピアニストとして第一線の活躍を、とは既に表現しにくく、演奏者というよりも後進の指導に人生の重きを置いている。

生まれも育ちもお嬢様、歌って踊れて演技もできてしかも現役音大生の〝アイドル〟の倉田汐音。芸名は名字なしの〝汐音〟。正しい読みは〝しおね〟だが、ファンの間では読み方を少しひねって〝シオン〟ちゃんと呼ばれている。

同世代の少女たちの憧《あこが》れの存在で、デビュー以来、現在も引っ張り蛸《だこ》の活躍をしている。芸能人としてはありがたいことこの上ないが、芸能活動のあまりの多忙さゆえ、二度目の一年生を送ることになった。

単位不足で進級できないと大学側から知らされたとき、周囲の大人たちからは休学や退学の選択肢も提案された。提案とみせかけて、暗に退学を勧められたのかもしれない。

ほら、やっぱり両立は無理だったろう？　と言わんばかりに。

汐音は気づかぬ振りで二度目の一年生をスタートさせた。

そして再び一年生として大学生活が始まり、かれこれ三ヵ月が経とうとしているけれど、今年も汐音は滅多に大学へ行けずにいた。興味のある講義を望むままに受けることなどもとより無理で、諦《あきら》めと僅かな寂《さみ》しさと共に進級に必要な最低数の講義を選択していたのだが、それでも、受講すべき科目をろくにこなせていない。

肩書だけの音大生。――心ない人に陰で囁《ささや》かれているのも知っている。

座学は抜けだらけだが、肝心の専攻の実技だけは、どうにかこうにかこなしていた。

ピアノ科に限らず基本的に週に一回行われる専攻実技の教授レッスン（准教授や講師によるものも含む）は、主に大学の教授室や専用のレッスン室で行われているのだが、夏休み期間など長期休暇中に教授の自宅を訪れて受けるレッスンのように、教授によっては（多忙などの理由により）大学の時間割に縛られない、教授にとって自由度の高いスケジュールを組める自宅レッスンを通常時にも採用しているケースがあり、真鍋教授も自宅レッスンの多い教授のひとりであった。

教授にとって自由度が高いだけでなく、学生にとっても、ある意味、スケジュールの自由度が高い自宅レッスン。おかげで汐音は大学へはなかなか行けないけれども、真鍋教授に（申し訳なくも）スケジュールを合わせてもらい、実技のレッスンだけは確実に受けることができていたのだ。

だが、教授レッスンの機会は死守しているものの、残念ながら、日々の練習時間が確保できているわけではない。

もしピアノがコンパクトに携帯できる楽器であれば、隙間時間の多い芸能界の仕事、待ち時間や移動時間を利用してぱぱっと練習することも可能だろう。

長期のロケなどの場合には、近隣で、ピアノを弾かせてもらえる施設を白石マネージャーが手配してくれた。それでも、時間を気にせず練習を、とはいかない。不規則な撮影の合間を縫うのだ。タイミングが合わなければ、せっかく施設が借りられたとしても、まったく練習できないこともある。

一日弾かねば自分が気づき、二日弾かねば師が気づき、三日弾かねば聴衆が気づく、といわれるほど、僅かな練習不足でも演奏に大きく影響を及ぼす楽器のひとつが、ピアノである。

ピアノを弾くのが好きだから汐音は無理を承知で音楽大学に進学したのだ。

それなのに、今はピアノと関わることが重荷に感じられてならない。

「倉田さん、最近もずっと、お仕事は忙しいの？」

穏やかな口調で問われた。――今の演奏についてのコメントではなく。

真鍋教授は、汐音が三歳の頃から習っていた近所の「ひろこ先生」の時代から、汐音のことを「汐音ちゃん」ではなく「汐音さん」と呼んでいた。幼い頃の汐音はそう呼ばれるたびに、まるで大人扱いされたようで、甘えた気持ちが吹き飛んで背筋がしゃんと伸びたものだ。そして音大生となった今は、もう一歩進んで「倉田さん」と呼ばれている。

ひろこ先生は、汐音も音大入学をきっかけに「真鍋教授」と呼び方が変わっていた。幼い子ども相手であっても大人へのレッスンだとしても、決して声を荒らげたり、きつく叱責《しっせき》したりしない先生であった。

ミスタッチや曲の完成度の低さを、苛々《いらいら》と感情的に言葉と態度で責め立てるピアノの先生もいる。子どもはすっかり萎縮《いしゅく》してしまい、弾けるはずの曲なのに恐れとプレッシャーで弾けなくなってしまう。そんなふうに強い圧を（無自覚にか意図的にか）子どもたちにかけて、レッスンに君臨する先生《おとな》もいる。

ひろこ先生は、ときに厳しい指摘をすることもあるけれど、改善の必要性を生徒が納得するまで根気強く説明し、同時に具体的な解決方法も提示してくれた。わかりやすい言葉で、柔らかな口調で、生徒の気持ちを決して追い詰めたりしない〝ピアノの先生〟なのだった。

おかげで汐音は、ピアノのレッスンに通い続けることができたのだ。

教授と門下生となった今も、そのスタンスに変わりはない。

どんなに練習不足であろうと、汐音は追い詰められたことがない。——追い詰められずとも誰より汐音が自覚している。

ピアノが、自分から、遠ざかりつつあることを。

好きなのに。

時間だけはどうにもならない。

離れていると、ピアノのことがわからなくなる。

指が、思うように動いてくれない。

音楽を自分の中で切磋《せっさ》琢磨《たくま》する時間を作れず、かろうじて頭の中で理想の演奏が鳴り始めても、あまりに程遠い現実の音に気持ちが挫《くじ》けそうになり、その惨めさから逃れるように、自ら理想を低くし、妥協することを覚え始める。

完成度の低さ、技術の精度の低さだけでなく、そのうちに自分の表現したい音楽があやふやになってきて――。

……気持ちが沈む。

好きなのに。

納得するまで研ぎ澄まされた、心が震え、魂が沸き立つような演奏を、自分はもう、二度とできないのかもしれない――。

その感覚ですら、遠くなりつつある。

いったいいつから自分は、自分をも誤魔化すような魂の抜けたピアノしか、弾けていないのだろうか……。

――好きなのに。

「で、でも、次のレッスンも、ちゃんと受けられます」

俯《うつむ》いたまま汐音は答える。「そのスケジュールで、マネージャーが――」

どんなに情けないピアノでも、ここで止まってはいけない気がした。

みっともなくても、続けていたい。

幼い頃ですら繊細に操れた細かなパッセージが、今は無残な音の羅列になっているけれど、たとえ後退していようと、たとえ牛歩の進みであろうとも、立ち止まりたくはなかった。もし立ち止まってしまったなら、汐音は大きなものを失ってしまう。そんな気がした。

アイドルの仕事が好き。——かけがえのない、汐音の誇りだ。

ピアノも好き。——理屈なんてない。ピアノが好き。

「次のレッスンにも来られるのね。それを聞いて安心したわ」

と言うと真鍋教授は椅子から立ち上がり、壁一面にびっしりと譜面が並んでいる造り付けの本棚から一冊の楽譜を抜き出した。

汐音の目の前へ、譜面台に置かれた楽譜。

「——連弾？」

汐音は意外そうに呟いて、「……先生、これは？」

と、訊き返した。

「夏休みに、ちいさな会場なのだけれど、演奏を依頼されたの。もし良ければ倉田さん、久しぶりに先生と連弾をしてみない？」

連弾——。

ソリストを目指し始めてからはまったく興味のなかった演奏の形。けれど、思えば〝ひろこ先生〟との〝連弾〟が、幼い頃のピアノ発表会での大きな楽しみのひとつだった。

先生とふたりだと、自分だけで演奏するより、もっと、ずっと、音が厚く、華やかになる。音楽が豊かになる。

レッスンを始めたばかりの頃は技術もなく弾ける曲のストックもないので、発表会で披露できる曲はたいそう短いものだった。そこでひろこ先生は、ソロの曲よりは簡単な連弾曲を準備してくれて、ひとりが最低でも二回ステージに上がれるように企画してくれた。それでも、どちらも短い曲なのでステージにいられるトータル時間も短いのだが。

小学校の中学年になる頃には、ソロで短めのものを二曲か、長めのものを一曲の、どちらかになり、内心密かに先生と連弾したいなと思っていても、それは汐音より幼い子たちのプログラムであり、そうこうしているうちに、汐音は少しハードルの高いピアノソナタに果敢に挑戦することが楽しくてたまらなくなっていた。

「そんなに難しい編曲ではないから、倉田さんの技術では物足りないかもしれないけれど」

真鍋教授は、楽譜の表紙をめくって中のページを見せた。

確かに音の配列は難解ではない。今の汐音からしても、まったく難しくはない。でも果たして、今の自分に、人前で堂々とピアノ演奏ができるのだろうか。たとえ

ひとりきりではない〝連弾〟だとしても。それに、

「すみません。プロとしての演奏は、私には、ハードルが……」

真鍋教授が演奏を依頼されたということは有料の演奏会ということで、つまり、プロとしての演奏が求められているということで――。

同じプロでも、テレビのバラエティでピアノを弾くのには抵抗がない。たとえそれが真剣にピアノの腕前を競うような番組だとしても、所詮《しょせん》はバラエティとして作られている〝番組〟だからだ。バラエティならではの独特な空気感に緊張もするけれど、汐音はその緊張すらも引っくるめて楽しむことができた。

けれど演奏会へ、イイトコ取りのぶつ切りでもなく、過剰な演出もない、すっぴんのピアノ演奏を、チケット代を支払ってまで聴きにきてくださる方々へお聴かせできるような、それに相応《ふさわ》しい演奏など、今の自分にはとても弾けそうにない。

そういう意味で、人前では弾けない。――想像しただけで、緊張で指が震える。

理由はわかっている。

自信がないからだ。

まだ始まってもいないのに、想像しただけで、胃がきゅうっと縮んで、たまらなくしんどい。

歌や踊りや演技なら見る人を魅了する自信がある。どんなに難しいものだとしても、完成に向けて、きっちり仕上げられる自信がある。

「連弾の誘いは断られそうだけれども、倉田さんが〝プロとして〟と言ってくれて、先生とても嬉しいわ。きちんと線を引いて考えてくれたのよね。さすがは芸能界で、プロとしてきちんとお仕事をしている倉田さんね。でもね、そんなにかしこまった会ではないのよ？」

優しく真鍋教授が続ける。「子ども向けの、ボランティアなの」

「……ボランティア？　子ども向けの？」

有料の演奏会ではなく、無料の？

けれど、それを、どう受け止めれば良いのだろう。

「夏休みの本番までにはまだかなりの期間があるから、演奏会は無理だとしても、良かったら楽譜を持ち帰って、試しに楽譜をさらってみて？」

「いえ、ひろこ先、あ、真鍋教授、せっかくですけど、あの……」

言いかけて、汐音は言い淀《よど》む。

断るのは簡単だ。夏の仕事のスケジュールは既にびっしりと埋まっている。

……断るのは簡単だけれど。

ピアノが弾けるようになりたくて親にねだって習い始めたものの、いざ発表会で人前で演奏するとなったならば、緊張して心細くてたまらなかった幼い頃に、大好きなひろこ先生との連弾はたいそう心強く、なにより、夢のように楽しかった。

今も胸の奥のあたたかいところに、ひろこ先生との連弾の楽しかった思い出が残っている。

どんなに心惹かれる申し出でも、マネージャーにスケジュールの確認をするまでもなく、この話は断らざるを得ないのだ。

「――あ、あの、真鍋教授が夏に演奏会をするのは、珍しいですね」

わかっているのに。

「でしょう?」

真鍋教授はおっとりと微笑む。

クラシック演奏会のハイシーズンは冬である。例年、真鍋教授の演奏会がクリスマスあたりに行われているのも、その慣習にならっているのだ。

ボランティアとはいえ、真鍋教授が夏の演奏会を引き受けるのは珍しい。年末の演奏会へ向けてコンディションを整えてゆく年間のペース配分が、変わってしまうのに。

「それに単独の演奏会というわけではないのよ?　井上教授から、恒例のサマーキャンプで、参加している子どもたちに、簡単過ぎず、難し過ぎない、楽しいピアノ曲を披露していただけませんかと依頼されたの」

「井上教授のサマーキャンプ⁉」

汐音は驚く。

「聴いて楽しむだけでなく、連弾ならば、もしかして、演奏を聴いたあとでサマーキャンプに参加している他の子と一緒に弾いてみたくなるかもしれないでしょ？　子どもたちの親睦のためにも、良い選択かと思って」

——ああ、わかる。

汐音にも経験がある。

誰かの演奏が刺激になって、触発されて、自分もその曲が弾きたくなるという、もうずっと汐音が味わっていない感覚。

況《ま》してや、汐音のピアノが誰かの刺激になることなど——。

中学生の頃まではごくごく普通にあったのに。学校の友人やレッスン仲間に汐音ちゃんが弾いている曲を自分も弾いてみたいと言われることが、何度も、何度も、あったのに。

なにより、

『ああ、汐音ちゃんみたいに弾けるようになりたいなあ……！』

そう、眩《まぶ》しく見詰められることが。

アイドルの汐音に向けて、シオンちゃんみたいになりたいと、目の前で言われたり、ファンレターをもらったりすることは今でもたくさんあるけれど。

ピアノも自慢だったのに。

自分の奏でる音が、我ながら好きだったのに――。

真鍋教授と汐音の連弾を聴いて、自分も弾きたいと子どもたちが瞳を輝かせてくれたなら。その眼差《まなざ》しが、自分に向けられたとしたら。

しかもこれはチャイコフスキー作曲のバレエ組曲『くるみ割り人形』より『花のワルツ』なのだ。元はオーケストラの楽曲で、愛らしく、華やかで、エモーショナルな。

旋律を思い浮かべただけで、目の前に物語が紡がれてゆく。

「どうかしら、倉田さん？」

真鍋教授が柔らかく訊く。「連弾はひとりでは弾けないし、先生を助けると思って、ぜひ、一考してみてはくれないかしら？」

汐音の心の内を〝ひろこ先生〟はいつも見抜いていた。

幼い頃は引っ込み思案で目立つようなことをするのは怖かったけれど、自分を表現するのは好きだった。矛盾しているが、本音では思いきり自分を出してみたかった。

そんな汐音の、殻を破るきっかけとなったのが、ひろこ先生の勧めにより中学生になってすぐの夏休みに参加した、井上佐智主催のサマーキャンプだったのだ。

世界的に有名な若き天才バイオリニスト、しかも音大では教授として、ほぼ同年代の学生にバイオリンの指導をしている井上佐智。

その彼が主催するサマーキャンプには、バイオリンだけでなく、ピアノを始め様々な楽器を学ぶ子どもたちが集っていた。あわせて指導者も世界中から集まった様々な楽器の、名だたる演奏家たちだった。彼らは楽器の指導だけでなく、惜し気もなく、演奏も披露してくれたのだ。

毎晩必ず催されていた、前以《まえもっ》てプログラムが決まっている演奏会（かしこまってはいないラフなものだ）だけでなく、キャンプのあちらこちらで、時間を問わず、ゲリラ的に、毎日気軽なセッションが行われていた。皆で談笑しているときに、ふと気が向いた誰かがいきなり演奏を始めることもあったし、ソロだけでなく、たとえば世界的なフルーティストに、

「シオネ。これ、ちょっと弾いてもらっていい？」

と、軽やかに伴奏を頼まれ、皆の前で初見で弾いたこともあった。

たくさんミスタッチしてしまったけれど、そんなものをあっさりと凌駕《りょうが》する生き生きとしたフルートに導かれ、汐音は感動しながらピアノを弾いた。

アットホームな雰囲気の中で、誰もがきさくに〝音楽をすること〟を楽しんでいた。だがそれは、超一流の演奏家たちの、神々の戯れだからこそ成立するのだ。

汐音だけでなく、参加した子どもたちは彼らの力に大きく引っ張り上げられて、最上の景色を見せてもらった。

絶対に忘れられない、できることなら、どうにか自分の力で見てみたい、景色でもあった。

たった十日程のサマーキャンプで汐音の意識がガラリと変わった。誰にも打ち明けたことはなかったけれど密かに夢見ていたアイドルへの道と、幼い頃から憧れていたピアニストになる夢の、両方を追いかける決意をしたのだ。

無謀と承知で。

だって、挑戦もせずに諦めてしまったら、汐音が見てみたい景色は絶対に見られない。そんな簡単なことにようやく気づけた。自信があるとかないとかではなく、挑戦しないことにはなにも手に入らないのだ。

未来へと、希望に満ちた輝かんばかりのチャレンジャー。

それが、あの頃の汐音だった。

――ほんの数年前なのに、汐音には、ひどく昔のことのように感じられた。

「私も、あのサマーキャンプで連弾を披露するのは、しかも『花のワルツ』はとても良い選択だと思いますけれど、でも……」

返事を躊躇《ためら》う汐音へ、

「だったらこうしましょう。サマーキャンプのことは一旦《いったん》、忘れましょう。それとは別に、次のレッスンで先生と連弾するのはどうかしら？」

真鍋教授は改めて楽譜を差し出す。

ひろこ先生との連弾！

咄嗟に汐音は楽譜を受け取ろうとして、やはり、迷う。

「……倉田さん？」

本音をいえば、次のレッスンだけでなく、井上教授のサマーキャンプで、ひろこ先生と連弾したい。

サマーキャンプに参加する資格はとっくに汐音にはないけれど、今度は演奏する側で、あのキラキラとどこまでも音楽が眩しく奏でられている空間に再び身を置けたなら、どんなに素晴らしいだろうか。

「……でも先生、私、場違いではないですか？」

「場違い？　なんの話？」

「サマーキャンプで、たとえ連弾だとしても、こんな私が演奏をすることは、場違いではないですか？」

無意識に、汐音は「こんな私」と言ってしまった。

中学生になったばかりの汐音が、未来に向けて大きな決意をするきっかけとなった井上教授のサマーキャンプで、名だたる演奏家に交じって、自分の演奏を披露する。

なんと光栄なことか。

けれど、今の自分に、子どもたちの良い刺激になるような演奏ができるとはまったく思えなかった。

なにより、サマーキャンプとなると、もうひとつの気掛かりが。

ある意味躊躇《ちゅうちょ》する大きな原因、――障害？　ともいえる、井上教授の助手、葉山託生の存在。

過去に汐音が参加したサマーキャンプでは学生ボランティアのスタッフとして彼の姿はなかったが、今はスタッフとして、それもただのスタッフではなく、サマーキャンプを運営する側の、それも主催の井上教授に近い存在として参加している。

あの人に、今の自分のピアノを聴かれるのが嫌だった。

……嫌だけど。

あの空間にもう一度身を置けたなら、もしかしたら、あの夏、自分の未来へ大きく扉が開いたように、今の、もやもやと中途半端で曖昧模糊《あいまいもこ》とした自分に決別できるような、なにか、変化が、起きるかもしれない。そんな期待をしてしまう。

せっかく大好きなことを仕事にしているのに、志どおりに音大にも進めたのに、誰の目にも順風満帆な人生なのに、女の子の憧れをすべて詰め込んだような人生と皆から羨《うらや》ましがられているけれど――。

そんなんじゃない。

羨ましがられても、嬉しくない。

だって、自分にはわかってる。

どんなに世間に持ち上げられようと、なにもかもを手にしているように見られていようと、汐音はまだなにも持っていない。自分だけの力で手に入れたものなど、まだ、ひとつもないのだ。そんな手応《てごた》えを得たことはない。

当たり前のような顔をしてギイの隣にいるあの人が嫌い。物心ついた頃からずっと汐音が兄のように慕っていた大好きなギイを、いつの間にか盗《と》っていった、あの人が嫌い。

そんな葉山託生に自分のピアノを聴かれるのが嫌。彼が桜ノ宮坂の卒業生であることも（汐音には進級すらままならないのに）、井上教授の門下生であったことも、嫌。

なんだその程度かと思われるのが嫌。

あの人に負けるのが、――嫌。

嫌だけど。……嫌なのだけど。

「ごめんなさいね。先生には倉田さんの言う〝場違い〟の意味が、よくわからないわ」

真鍋教授は穏やかに続ける。「あの場所でもっとも場違いな人は、向上心のない人よ。でも倉田さん、あなたにはあるでしょう？」

「……え？」

汐音はぼんやりと、真鍋教授を見上げる。

「――ね？　そうよね？」

向上心があればこその〝場違い〟発言だ。

ピアノの腕をひけらかしたいだけの人には、あの場所は相応しくない。上を目指して必死にもがく人にこそ、参加する資格がある。懸命なその姿を、汚れのないまっすぐさで、子どもたちが目にすることになるのだ。

袋小路に入り込み出口を求めて必死にもがいているような汐音のピアノ。だが、どんなに苦しくとも、諦めずにどうにか必死にしがみついている今の彼女にこそ、これ以上もなく、あの場所は相応しいと真鍋教授は確信していた。

サマーキャンプから戻ってきた中一の夏、引っ込み思案で神経質で反面完璧主義《かんぺきしゅぎ》でもあった汐音が、たいそう楽しげにピアノを弾くようになった。音をミスしてもいちいち傷つかず、失敗をいつまでも引きずることなく、素早く気持ちを切り換えて、大胆にチャレンジするようになったのだ。

音楽を楽しむ力を得て、輝いていた汐音。

あの輝きを、取り戻してあげたい。

昨年のうちに予約していたサマーキャンプの会場が、先方の事情により、突如、使用することができなくなった。

急なキャンセルに皆が肝の冷える思いをしたが、同じ桜ノ宮坂音楽大学の教授で、世界的なピアニストでもある京古野《みやこ》耀《のあきら》教授が、ご自宅——伊豆《いず》の小島、九鬼島《くきじま》——を提供してくださることになり、無事に解決したのだった。

京古野教授が自宅の提供を快諾してくれたのには、今年のサマーキャンプの指導陣として参加予定であったことも幸いしていた。しかも、個人所有の九鬼島全体が京古野教授の自宅であり、島の北端、まるでリゾートホテルのような豪華な石造りの大邸宅を始めとして、島内には他にも複数の施設が備えられ、邸宅だけでなく、島全体がリゾート施設のようだった。

実際に、主人の京古野教授が在宅であるなしにかかわらず、九鬼島には、世界中から常に音楽家たちが自由に訪れていた。

宿泊したり、楽器の演奏をしたり、島を散策しながら思索に耽《ふけ》ったり、中にはバカンスとしてひと夏を九鬼島で過ごす音楽家もいて、彼らのためのサポートをソツなくこなす複数の優秀なスタッフまで常駐しているという、サマーキャンプを行うのには願ってもない最高の環境であった。

もし、代替えの会場がみつからなければ今年のサマーキャンプは中止せねばならないというピンチを無事に乗り越えて、ホッとしたのも束の間、託生はまたしてもちょっとしたピンチに陥っていた。

「と、とうとう一ヵ月を切ってしまった……！」

あと一ヵ月弱で、果たして自分は素晴らしいアイデアを思いつけるのであろうか⁉

気持ちは焦る。

正直、託生にはまったく自信がなかった。というか、なくなってしまった。

いや、当初は燃えていたのだ。

今年は特別なので、いつもの託生ならばとっくに発動している〝下手の考え休むに似たり〟をもじり〝託生の考え休むに似たり〟などとギイにからかわれている、そんな託生の十八番《おはこ》、――〝本人に直接訊く〟を封印して。

来月、七月末に訪れる、恋人ギイの誕生日。

理想はサプライズ。

ギイの十八番であり、託生の最も不得意とするところだ。

プレゼントの品だけでなく、手渡しの、渡し方にもこだわって、ギイを驚かせたかった。そして喜んでもらいたかった。

だがしかし。

そもそもプレゼントになにを贈ったものか、ちっとも良い案が浮かばない。

なにせ、欲しいものや必要なものは全部（お金で買えるものならば、場合によってはお金で手に入らないものですら）さくっと手に入れられるのが、ギイだ。それほどの、莫大《ばくだい》な〝個人資産〟と、とてつもなく強くて広い〝ツテ〟を持つ。

世界中を飛び回り多岐にわたる仕事を取り仕切っていたギイが、この春、弱冠二十九歳にしてそのすべてを他者へ委譲し、全面的に仕事からリタイアしてしまった。

託生には未《いま》だにギイの心境にどのような変化が起きたのか（説明は受けたけれども）理解しきれていないのだが、おかげで、ギイは今、ここにいる。

ここ、託生が暮らす日本に。

そして、託生と共に生活している。――ギイが託生の住まいに転がり込んできたのではなく、託生がギイの住まいへ越したのだ。同居に至るまでの経緯は省略するが、そんなこんなで現在は無職のはずのギイ。

だが、ギイの無職はまったくもって無職ではなかった。ただ単に、肩書を持たず、どこにも所属せず、継続した勤務をしていないだけである。一緒に暮らし始めて託生にも、それだけは理解できるようになった。

ギイの職業は〝崎義一〟だ。

彼は、身ひとつで、その存在感だけで、なにかを動かす。

莫大な資産やツテだけでなく、ギイそのものが人々を動かすのだ。

そういう〝不思議な力〟を持っていた。

毎日のようにあちらこちらへ出掛けているギイ。朝から晩まで、なんなら数日帰宅しないこともあった。そしてしょっちゅうギイ宛《あて》に〝お礼の品〟とやらが届くのだ。いったい、どこでなにをしているのやら。――日々、それは楽しそうに。

高校時代にも託生の知らぬところで暗躍(?)していたギイ。人里離れた山奥に隔離されたような全寮制男子校という不自由な高校生活なれど、ギイのおかげで、様々な事柄が密かに、また、明らかに、改善されていた。知らず知らず、皆がその恩恵に与《あず》かっていた。

託生は思う。

人の本質は変わらない。

全ての肩書を、立場を手放したところで、ギイはギイだ。

名刺を持たず、どこに所属しておらずとも、誰かの役に立ったり、問題を解決したり、しているに違いないのだ。それは、見様によっては〝仕事〟と呼ばれる行為でもある。

望むものの全てを自ら入手できてしまうギイに、氏素姓がハイスペックであるだけでなく、本人の能力や心遣いまでもがハイスペックなギイに、経済力も発想力も凡庸な託生が贈れるものなど高が知れているのだが、それはそれとして、記念すべき日に、なにか、特別なプレゼントがしたかった。

　これまでは、あまりに多忙で、誕生日の当日に世界の（大袈裟な表現ではなく、冗談抜きで地球上の）どこにいるのか本人ですらわからなかったし、仮にプレゼントが用意できたとしても、当日に本人に届くようプレゼントを送ることは不可能だった。

　少なくとも、託生には。

　一方、ギイは、どうにかスケジュールをやりくりして毎年日本へ、託生の誕生日の当日に、託生を祝うために（たとえ日帰りになったとしても）会いにきてくれたのだ。だったら、ギイの誕生日にも日本にきてくれればいいのに。と、リクエストしたこともあった。イベント大好きなはずなのに、意外なことにギイは、自分の誕生日にはそんなにこだわりがないのかもしれない。誕生日そのものではなく、自分の誕生日を祝われることに。だから、ギイの誕生日にプレゼントを手渡ししたいと託生が望んでも、ギイは誕生日を祝われるためだけに来日したりはしなかった。

　そんなギイへ、毎年、託生が誕生日当日に渡せたものは、メールで送ったメッセージだけ。

　プレゼントの品は日を改め、その年の渡せるタイミングで渡していた。

　今年は、異例で、特別だった。

誕生日当日に、ギイは託生と共にいる。

当日にプレゼントを手渡しできる滅多にない年なだけでなく、三十歳を迎えるギイの節目の誕生日でもあった。見た目はまったく三十歳ではないけれど。大人っぽくてゴージャスな二十代前半の若者としか、映らないけれども。

決めた。素直に降参しよう。

渡し方はともかくとしてなにが欲しいかは、もう本人に訊くことにしよう。

「そうしよう！　当日に間に合わないより、よっぽどいいや！」

ということで。

その夜、帰宅したギイを玄関で出迎えた託生は、ストレートに訊いてみた。

「お帰りギイ。ところで誕生日プレゼントは何がいい？」

出し抜けな質問なのに、

「——ところで？」

くすりと笑ったギイは、「んー、そうだなあ、なにが良いかなあ」

すんなりと考えてくれる。

「ただし！」

説明するのを忘れていた。「ギイ、ぼくが出せる予算は頑張って節約に節約を重ねて奮発しても一万円が限界で、手作りのケーキも無理。赤池《あかいけ》くんに頼んでこっそり教えてもらったけど、どうやってもお腹をこわしそうなものしかできなかった。それと、逆にぼくからお揃いの指輪を、とかもなし。金額的にそもそも無理。それから――」

矢継ぎ早に続ける託生に、堪《こら》えきれずギイがぷぷぷっと噴き出した。

「わかった！　了解！」

無防備に手の内を晒《さら》してくれる託生が愛《いと》しい。――またしても指輪が、先手必勝とばかりに却下されたのは非常に残念だけれども。しかも勝手に想定されて一方的に断られるのは（ねだってもいないのに却下されたのだ）そこそこショックである。

託生め。

だが、それはそれとして、指輪に関してはギイにも譲れぬものがある。

託生からもらえるとしたら、それはたまらなく嬉しいけれども、パートナーとしてギイは、自分から、託生へ、贈りたかった。

恋人から指輪を贈られるという〝形〟に託生が臆《おく》してしまうので、なかなかその雰囲気にならないのだが、諦める気など毛頭ない。

これはギイの密かな夢である。

愛する人と、揃いの指輪で、共に〝永遠の絆《きずな》〟を誓いたい。

「なら託生、オレはカラシ色の手袋がいいな。できれば革の。ウールでも可」

「カラシ色の手袋？」

託生はきょとんとする。「それも、革かウールの手袋って？　でもギイ、今、夏だよ？」

「今すぐ使う物でなくてもいいんだろ？」

「そうだけど……」

本音を言えば、プレゼントしたらすぐに使ってもらいたい。——我が儘《まま》だろうか？

「オレが唯一持っている、——愛用しているカラシ色のマフラーと合わせるのに、ベストマッチかなと」

「え？　ギイ、マフラーなんて持ってたの？」

しかも愛用？　いつ、どこで、使うのだ？

託生が引くほど異様に寒さに強いギイ。真冬でも薄着で、基本マフラーは使わない。もしかしてここが日本だからだろうか。もっと寒い、極寒の国にいるときはさすがのギイでもマフラーを使っているのだろうか。

「手袋なんて、夏の誕生日には似つかわしくないのは百も承知だし、季節外れの商品だから、見つけにくいかもしれないけどな」

「確かに、どこにも売ってなさそうだけど、でも、頑張って探すから、それは別にいいんだけど……。……カラシ色のマフラー？」

託生の記憶に引っかかるものがあった。「ねえギイ、もしかして、そのマフラーって、誰かからプレゼントされたもの？」

ギイが自分でマフラーを買うとは思えない。

「そうだよ」

ふわりと微笑んで頷いたギイは、「クリスマスプレゼントとして、もらったんだ」

記憶力抜群のギイとは真逆の、記憶力にはまったく自信のない託生だが、

「ギイ、それ、もしかして、素材は――」

「カシミア」

と答えながらギイが笑う。しあわせそうに。

託生は少し目を見張り、

「……もしかして、ぼくが、あのとき贈った？」

高校二年生の冬のこと、ギイへのクリスマスプレゼントとして用意したものの、人生で初めてひいたという風邪で、人生で初めて寝込むことになり、たいそうへこんでいたギイへ、暖房をかけた部屋のベッドで横になっていながらも悪寒に震えていたギ

イへ、フライングで見舞いの品として渡した、あの――？

「そ。あのときのマフラー」

「……ま、まだ、使ってくれてたのかい？」

あれからかれこれ十三年？　くらい？　経つのに？

「託生ほど寒がりではないから滅多に使わないが、だが、オレが愛用しているマフラーは、あれだけだ」

「……ずるいよギイ」

サプライズのプレゼントが下手なだけでなくて、ギイからの不意打ちで、感動してしまったじゃないか。

託生が贈り物をするはずだったのに。

感動を、贈られてしまった。

「ずるい恋人は嫌いか？」

ギイがにやりと笑う。

――嫌いではないです。

そうだった。あのときの託生も、自分なりにとことん選んで、めいっぱい背伸びして、奮発して、買ったのだ。ギイに喜んでもらいたくて。

喜んでもらえていた。しかも、十年以上も、大事に、大事に、使ってもらっていた……。

「ギイ。絶対、素敵なカラシ色の手袋を見つけるからね」

託生は誓う。

この先の十年を、それ以上も、ずっと使ってもらえるように。

めいっぱいの、愛を込めて。


訪れていた会社の社長室を出て次のスケジュールをこなすべく、足早に駐車場に向かいながら、打ち合わせの間はサイレントモードにしていた、日本でのみ使用している仕事用のスマホをチェックする。

着信履歴が残っていた。

表示された名前は、――葉山託生。

「これはこれは……！」

島岡はつい、立ち止まる。

本当に今年は珍しい人から連絡がくる。

厳密には、葉山託生は島岡にとってまったくもって珍しい人ではない。珍しいのは、電話がかかってきたことだ。

電話番号は、お互いに知っている。

この春の御曹司による新居作戦（？）ですったもんだした結果、ついにと言うか、ようやくと言うか、とうとうと言うか、御曹司と同居することになった託生と連絡先を、お互いのスマホの電話番号を交換した。知り合って優に十年以上が経ち、それなりに親しい間柄でもあるがこれまでお互いの連絡先は知らずにいた。——知る必要がなかったので。

島岡が託生と関わるときは洩《も》れなく御曹司絡みなので、御曹司と常にセットである託生の連絡先を知らずとも不便はまったくなかったし、当然のことながら問題もなかった。

だが、ふたりが同居を始めるとなれば、話はまったく違ってくる。

恋人同士としてたまに会うのとはわけが違う、ふたりだけの〝生活〟が始まるのだ。御曹司の動向を一番良く知るのが託生ということになり、御曹司が捕まらないときには、託生の力を借りることにもなるだろう。

島岡は、御曹司に対するバックアップのひとつとして託生と連絡先を交換したが、それ以上でも、それ以下でもなかった。

島岡は託生との親睦を深めるつもりはない。

おそらくそれは託生とて同じことで、現に、春に連絡先を交換したものの、これが初めての託生からの着信である。気安く（実にくだらない些細な用事でも躊躇なく）島岡へ連絡をよこす御曹司とは、真逆である。

留守番電話のメッセージには、やけに緊張した声で、

『葉山です。お仕事中に、すみません。改めて、かけ直します』

としか残されていなかった。

用件は不明。

「ふむ。ということは……？」

島岡は淡々と推理する。

問題が起きれば託生は（必ず）御曹司に頼る。島岡に頼ることはない。頼られた御曹司が自分の手に負えないと判断したならば、即刻島岡へ連絡がくる。現在、御曹司からはメールのひとつもなく、託生からは島岡へ電話がかかってきた。ということは、託生は御曹司には頼らずに、島岡へ連絡してきたということだ。――珍しくも。

「つまり、御曹司絡みで葉山さんは進退これ谷《きわ》まり、万策尽きて、最終手段としてこちらに連絡してきた、というところかな？」

緊張した声。やむなく島岡へ助けを求めてきた可能性が高い。

——飽くまで、やむなく。

直接的にであれ間接的にであれ、託生が自分自身のことで島岡に救いを求めてきたケースは、島岡の記憶している限り、過去に一度もなかったし、今後もまず、ないであろう。

そこまでの親しさが島岡と託生の間にないだけでなく、託生には、島岡に対して、海よりも深い〝遠慮〟があるのだ。

島岡が御曹司の父親の秘書であることが、今も昔も、託生にとってかなりのハードルになっている。島岡は、御曹司の〝身内〟としてカウントされているのだ。

男同士であれ異性であれ、恋人の家族は意識せざるを得ない存在だ。自分がどう見られているのかも無視できない。できれば悪い評価は受けたくない。託生は、常に島岡から〝御曹司に相応しいか〟をジャッジされているような、そんなふうに島岡を見ているきらいがある。たとえそれが単なる誤解で、一方的な託生の思い込みだとしても、島岡と託生の間に或《あ》る種の緊張感が漂っている以上、気安く接することができないのだろう。

なによりも、託生は、御曹司本人や御曹司のバックグラウンドにどんなに凄《すさ》まじい権力があろうと、それをいっさい当てにしない。

まるで権力など存在していないかのように、普通に、ひとりの人間として、フラットに御曹司と付き合っているのだ。——付き合おうとしているのだ。恋人同士となった高校時代から、現在に至るまで。

斯様《かよう》に、葉山託生はとてつもなく〝弁《わきま》えた〟青年なのである。——よそよそしいともいう。

まあ、そういう託生の性分が、御曹司が惚《ほ》れて惚れて惚れまくっている理由のひとつなのだから、島岡としては、思うところはいろいろあれど、全体的にスルーである。

もちろん、託生からの電話（ＳＯＳ）をスルーするという意味ではない。

折り返し電話を入れると、即座に託生が通話に出た。

ぎこちない声とぎこちない説明。……緊張しているのがありありとわかる、それでも内容は充分に理解できた。

やはり、御曹司絡みの案件であった。

「わかりました」

内容に、島岡はたいそう微笑ましい心持ちになり、「葉山さん、微力ながらお力になりますよ」

ふたつ返事で承知した。

留守電にメッセージが残せたので、島岡は今、日本にいるとわかった。

託生は島岡の他の連絡先を知らないので、もし繋がらなければ諦めるより他になかったのだが、留守録であろうと、繋がってホッとした。

しかもその上、すぐに電話を折り返してくれた島岡は、

『わかりました。葉山さん、微力ながらお力になりますよ』

と、あっさり快諾してくれたのだ。

微力ながら。と謙遜《けんそん》した島岡が秘書として如何《いか》に優秀なのか、その一端を、託生はすぐに知ることになる。

有能な人は仕事が速い。を、地で行く島岡。

翌日すぐにギイと託生が暮らす山下《やました》家へ（表札は相変わらず『山下』のままなの

だ）島岡が訪れた。もちろん、本日ギイは、朝から出掛けていて夜まで不在である。

託生と島岡がふたりきりになるシチュエーションはこれまでにも度々あったのだが、

「義一さんに内緒で葉山さんとお会いするのは初めてですし、内緒の企《たくら》み事も初めてですし、新鮮で、なんだかとても楽しいですね」

と少年のように笑った島岡に、今回の件にやむを得ず義理で付き合ってくれているのではないと察せられて、託生は内心ホッとした。

それどころか島岡も、サプライズなどのふざけたことが好きなのかもしれない。さてはギイの〝類友〟かもしれない。ギイのやりたい放題に巻き込まれ、振り回されて気の毒だなと思っていたが、とんだ勘違いや杞憂《きゆう》だったのかもしれない。

島岡はこの家を訪ねたときの彼の定位置であるリビングのソファにいつものようにゆったりと腰を下ろすと、ローテーブルへ、持参したラップトップのパソコンと手のひらサイズのタブレットを置き、それぞれを起動させた。

「さて。では葉山さん、候補をいくつか出してみましたので確認をお願いできますか」

と、タブレットの画面を託生へ見せる。

キッチンでコーヒーの用意をしていた託生は作業を中断させて急いでローテーブルへ向かい、ソファセットの下に敷かれているラグにペタリと座って画面を覗き込む。

昨日の電話で、ある程度の要望と予算の限界は伝えていたのだが、タブレットにずらりと表示された横文字に、

「こ、これ、全部、店の名前ですか？」

日本語がひとつも見当たらなかった。――いや、当然かもしれない。日本国内の店ならば、託生でもどうにかして検索で見つけられただろうから。どうしても目的の品を扱っているサイトを見つけられなかったので、やむを得ず、託生は島岡へ助けを求めたのだから。

それにしてもの量である。いったい、何店舗あるのだろう？

「はい、リストにしてみました。ですが、多すぎても決められないでしょうから――」

言いながら、島岡が横から手を伸ばしてタブレットをすすっと操作し、「ちなみに、一番のオススメはここです」

と、タップする。

表示されたのは、ヨーロッパの古めかしい店の画像だった。

次に島岡はパソコンを操作して、

「こちらの店のウェブサイトです」

画面を見せた。「店構えはちいさいながらも、イタリア、フィレンツェにある革手

袋の専門店です。年間を通して上質の革手袋を取り扱っています。価格は、日本人からすると、むしろ安く感じられるかもしれません。おそらくイタリアからの送料も含め、葉山さんがおっしゃっていた予算内に収まりますし、縫製の確かさ、デザインの洒脱《しゃだつ》さ、なにより、カラシ色はカラシ色でもその種類と、革の種類が豊富です。――どうしますか？」

どうしますか？

「え？　どうしますか、とは？」

ここに決めてしまいなさいという意味なのか？

「サイトに手袋の画像は並んでいますが、もっとよく商品を知りたいということであれば、直接、店へ問い合わせます」

「えっ!?　直接？　店へ？」

心の準備がまったくできていないのに？

というか、そもそもどうやって？

「幸い、今は営業時間ですし」

言うなり、島岡はサイトに出ている店の番号へ、スマホから電話をかけた。――国際電話を、躊躇なく！

託生はそれだけで、ビビる。

急な展開にもビビる。テンポが速い。トントンいく。ぜんぜん気持ちがついていけない。

しかも、島岡が話す言葉は流暢《りゅうちょう》なイタリア語。

彼もまた、語学が堪能な人であった！　いや、島岡は、全世界のあちらこちらで多分野にわたりグローバル展開している超巨大複合企業のトップ（ギイの父親である）の秘書を務めているのだ。驚くようなことではないのかもしれないが、託生は素直に驚いた。

託生には英語以上にチンプンカンプンなイタリア語でどんな会話が交わされているのか皆目わからなかったのだが、島岡が通訳と補足説明もしてくれた。話しているうちに先方がウェブカメラを用意してくれて、島岡のパソコンとビデオ通話ができるようになった。

パソコン画面に映し出された店のスタッフ。

スピーカーから聞こえてくる声や喋《しゃべ》り方や風貌《ふうぼう》の、落ち着いた雰囲気の高齢の男性。夏だというのにきちんとホワイトシャツを着こなした、ダンディな人であった。

彼は店内にあるカラシ色の手袋を、細かな部分まで次々とカメラ前で見せてくれた。

あんなに一所懸命に探しまわっても託生がひとつも見つけられなかった手袋が、次から次へとパソコンの画面に映し出される。

カラシ色はカラシ色でも僅かな発色の違い、デザインや縫製の違い、使用されている革の違い、その他諸々《もろもろ》が、具体的に託生にもわかりやすく並べられてゆく。

店はさほど大きくないのに、そのラインナップの豊富さに託生は静かに感動した。

そして、ワンサイズ展開が一般的な日本とは異なり、男物も女物もそれぞれに豊富なサイズが揃っていた。というか店員からサイズを問われて初めて託生は、革手袋に細かなサイズ展開があることを知ったのだった。

手足だけでなく指もスラリと細長いギイは、おそらく日本製の手袋では指の丈が足りない。――うっすらと危惧《きぐ》していたけれど、もし手袋を見つけていたら、どうにか見つけることができていたなら、そこには目を瞑《つぶ》り、託生はそれを買っていたことだろう。

おまけに、島岡が説明してくれたとおり、価格帯が〝革製品として一般的〟であった。高級ブランド店に並んでいてもおかしくない品質なのに、余裕で桁《けた》がひとつふたつ少ない。

「どうしますか、葉山さん。他の店もチェックしますか？　それともこの店で買いますか？」

島岡が尋ねる。

ずらりと並んだ店名のリスト。まだ、一店舗しかチェックしていない。

日本語で交わされる会話は店員にはまったく理解できないので、託生がどう答えても大丈夫なのだけれど。

「これだ、とピンとくる物がみつからなければ、他の店も見てみたかったんですけれど……」

ピンとくるどころか、託生が想定していた以上の手袋がいくつもあり、選ぶのに困るという嬉しい悲鳴が。「ここで、充分です」

「わかりました。では、こちらで買うことにいたしましょう」

そんなこんなで、託生は最も気に入った手袋を妥協せずに選んだのに、イタリアからの送料手数料込みで予算内に収まった。サイトショップでの購入ではないのでクレジットカードでの決済ができず、支払いは（業者のように）ネットの口座間振り込みで、店の口座に直接送金した。それは瞬時に反映されて、無事に購入完了。

……すごい。

手袋探しにあれだけ孤軍奮闘したものの〝夏〟という敵は強大で白旗を掲げるしか

なかった託生には、ものの三十分とかからずに、望む以上の素晴らしいカラシ色の革手袋を購入できたのが、夢のようだった。

完璧な島岡のアテンドとアシスト。

さすがとしか言いようがない。

ただ、ひとつ。荷物はイタリアから遠路はるばる送られてくるので、ギイの誕生日の当日までには間に合わないかもしれない懸念があった。

まあ、それは、仕方あるまい。

この先ずっと、できれば十年以上、使ってもらえそうな手袋が購入できただけで、託生としては御の字なのだ。ありがたいことこの上ないのだ。当日には間に合わずとも、今年はプレゼントを手渡しできる。

それだけで充分だと思っていたのに——。


——なんと滑り込みで届いたのだった！　それも、誕生日どころか九鬼島への出発前に。

ギイには、島岡の協力を得てプレゼントを無事にゲットできたことは伝えてあった。ただし、届くのが間に合わなくて誕生日当日には渡せないかもしれない、とも。当日でなくても嬉しいと、既にギイには喜んでもらった。とても楽しみにしていると。

今年のギイの誕生日は、サマーキャンプの行われる九鬼島で迎える。キャンプのスタートは八月に入ってからだが、準備のために一週間前には島へ入っている予定だからだ。

託生は、自分のバイオリンケースへ、フィレンツェの空気を纏《まと》った、シンプルながらもセンス良く包装された手袋をそっとしまった。ギイは、託生の持ち物に対してかなりフランクなれど（託生もギイの持ち物にフランクだが）託生のバイオリンケースだけは、絶対に、勝手に触ったりしないので。

当日まで、ここに、しまう。

ギイの誕生日に、本人が託生の目の前にいる。

ありそうで、ありえなかったこと。

今年はなんと、特別か。

ギイへプレゼントを手渡せる。受け取るギイの表情を、声を、自分の目で、耳で、堪能することができるのだ。

真夏の太陽のように、強く眩しく輝いている人。

空に太陽が不可欠なように、託生の人生に不可欠な人——。

鬱蒼《うっそう》とした森林の中を縫うような、湿り気のある薄暗い小径《こみち》を徒歩で進みながら、

「……ぁあ、じわじわ緊張してきた」

俯きがちにぼそりと呟いた託生へ、

「なんで葉山サンが緊張するっすか？」

不思議そうに真行寺兼満《しんぎょうじかねみつ》が訊いた。

「準備作業がひとつまたひとつと片付いていくと、実感が……。日に日にサマーキャンプが近づいてくる」

「？　はい。そうっすね」

日に日に近づいているのは間違いないが、「ってか葉山サン、なんでそんなに緊張してるんすか？　これが初めてのサマーキャンプならわかるんすけど、かれこれ十年くらい、スタッフやってるんすよね？」

真行寺が訊く。

「そうなんだけど……」

大学時代でのボランティアスタッフを含めると、十年に近い。「毎回参加する子どもたちが変わるから、毎回、初対面の緊張が……」

スタッフとしてのキャリアも長く、年齢だってそれなりだ。いちいち人見知りを発動している場合じゃないと頭ではわかっているのだが、たとえ子ども相手であろうとも、初対面の相手とは緊張する。

緊張するのだ！

しかも、相手はひとりやふたりではない、十人以上の子どもたちなのだ。

「てか、葉山サンよりも、キャンプに参加する子どもたちの方が、よっぽど緊張してるんじゃないっすか？」

からりと笑う真行寺。

「で、ですよね……」

——正論。

「さ、気を取り直して、葉山サン。準備、頑張りましょー！」

元気良く真行寺に励まされる。

ギイはずっと、くすくす笑っている。

やがて到着した、森林の一部がすっぽりと円形に抜けたような空間。——ここがスタート地点である。

「日差し、きっつ！」

頭上に遮るものがなくなり、直射日光も容赦ない。

ギイが作業帽を投げてよこした。「俳優は全身が商売道具なんだから、おかしな日焼けするんじゃないぞ」

「真行寺、ほら」

「ギイ先輩、さんきゅっす！」

サマーキャンプ三日目の夜の恒例行事、全員参加の〝肝試し〟。

その準備は、キャンプが開催される九鬼島へ子どもたちが訪れる前に、すべて終わらせておく。できれば子どもたちより先に入島する大人（指導する側の演奏家）たちが到着する前に。いくらしょぼい（失礼）手作りの肝試しイベントとはいえ、仕掛けを見られては元も子も楽しみもないからだ。

じりじりと焼けるような真夏の強い日差しを全身に浴びながら、作業を開始する。

京古野邸の管理運営を任されているハウス・スチュワードの陣内《じんない》から、島内の自然の約八十五パーセントが手付かずの野性味溢れる屋外作業でスタッフが使用している用具などを、ごそっとレンタルさせてもらった。

動きやすいストレッチ素材の長袖《ながそで》長ズボンのツナギに、ギイから渡されたツバ付きの作業帽を目深にかぶり、首に汗止めのタオルをくるりと一周巻き付けて、両手には滑り止め付きの軍手、足首まであるスニーカーのみが自前だ。

「かんっぺき！」

張り切っているのは、今やCM俳優となった真行寺兼満。モデルもこなす、キラッキラのイケメンだが、ここにいると、目立たない。——恰好《かっこう》のせいではなく。

同じツナギと作業帽、足元は長靴を履き、

「で、託生、どこから始める？」

指示を仰いだのは崎義一。

「ってかギイ先輩、作業着のツナギと長靴でも、超絶カッコイイっすね！　そのまま

CMになりそうっすね！」

そう。——そうなのである。

葉山託生は大きく頷く。なにを着ても、なにをしていても、その輝きは隠せない。眩しくてたまらないのは託生の惚れた欲目ではなく衆人の認めるところであろう。そして本人はそのあたり、存外無頓着《むとんちゃく》なのだ。

真行寺の熱い絶賛をスルーして、

「おい、託生、指示」

と、せっついた。

「えっと、ではまず、できるだけ通路の安全を確保し——」

配置図を片手に、空いた方の手で小径にはみだしている低木の枝をどけようとした託生の肱《ひじ》が、素早くギイに引き戻される。「——えっ!?　え、なに？」

「なに？　じゃない」

ギイはむっすりとして、「自覚が足りない」

と、叱る。

「自覚？　なんの？」

「託生まで作業着を着てるからおかしいと思ってたんだ」

「や、でも、肝試しの設営も例年のぼくの仕事で――」

「ったく、例年はそうでも、今年は違うだろ？　託生は今年、スタッフだけでなく演奏者でもあるんだぞ。いくら軍手をしているからって、指の擦り傷ひとつでもバイオリンの演奏に大きく影響するんだから、託生は設営には手を出すな。口だけ出してろ」

「あ……」

自覚が足りない。まさに、そうだ。「……はい」

そこへ大型のゴルフカートのような屋根付きの電動カーに資材を載せた、残りの肝試し設営チームが到着した。数名が電動カーから降りて〝1〟と書かれた資材をその場へ置く。

残りの資材を載せたまま、

「では葉山さん、順次、印の場所へ置いていきますので」

電動カーの運転手と数名のスタッフが小径の先へ向かった。

仕掛けを設置するポイントごとに、皆でわいわい設営していると、

「こういうことをしていると、俄然《がぜん》、イキイキするなあ、真行寺」

ギイがからかう。

「舞台の裏方やってたときもすんげ楽しかったっす！　大道具の背景作るの手伝った

りして。ってか、先輩たちと一緒にやってると、高校の文化祭を思い出して、楽しいっす」

真行寺はでへへと笑い、「そういえば、ギイ先輩が三年生のときの、ギイ先輩んちクラスの出し物のお化け屋敷！　あれ、すごかったすよね！　圧巻でした！　あーゆーの、自分たちのクラスでもやりたかったなあ！」

あっけらかんと言う。

ギイが高校三年生のときの文化祭。――それを限りに、ギイが祠堂学院から姿を消した。問答無用で退学せねばならなくなった。託生や友人たちにとってそれは、一時期、思い出すだけでも辛くなる〝禁句〟であった。

今となっては懐かしい高校時代の思い出。――懐かしい。そう思えるようになった、凍りついたように止まっていた時間が動いていることの、しあわせ。

多人数で作業したおかげか、それでなくともシンプルな仕掛けは短時間であっと言う間にできあがり、小径やその周辺に危険な箇所はないかの確認も済ませ、順路を間違えそうな場所にはロープを張って通行止めにして、肝試しの準備は完了した。

帰り道、ギイと託生と真行寺は電動カーには同乗せず、来たときと同様、のんびりと島内を屋敷へと散歩がてら歩いてゆく。

「ふぅ、暑い」

三人ともさすがに軍手は外した。手が蒸されてふやふやしている。縦に筋の付いた指の腹を触りながらそれを面白がるギイと真行寺へ、託生は冷えたペットボトルの麦茶を渡す。水分補給のためにクーラーボックスに入れて電動カーに積んでおいたものだ。作業が短時間でさくっと終わってしまったので途中の休憩を挟まなかったが、帰り道では必要だろうと、クーラーボックスから三本抜いておいた。

「お、ありがたい」

「葉山サン、さんきゅっす」

早速キャップを開けて、三人してごくごくと。

「文化祭もっすけども、のんびりこの島を歩いてると、高二の夏休みを思い出すっす」

真行寺にとっては、三洲《みす》との距離がぐぐっと縮まった思い出の夏。晴れて恋人同士になれただけでなく、現在ふたりは同居している。自分と三洲の〝今〟へと繋がる、大きな一歩を踏み出した夏。「タナボタで、アラタさんと一緒にばーばの面会に行くことになって、そんとき、偶然コンビニで葉山サンと会って、ばーばがずうっと大切にしまっていた九鬼島の宝の地図とか、俺とアラタさんも島に泊まらせてもらうことになったこととか、あと、なんたって、秘密の通路と地下洞窟《どうくつ》の探検！」

「……あったね」

託生はしみじみと頷く。

真行寺が高校二年生ならばギイと託生は三年生。九鬼島で過ごした八月の翌月が、祠堂学院の文化祭であった。よもや、あんな出来事が待っていようとは思いもせずに、文化祭の準備に精を出していた日々もまた懐かしい。

「地下洞窟の行き先が麻薬の密輸取引に使われていた隠された港とか、なんかもう、アルセーヌ・ルパンの小説みたいっすよね！」

「もう全部、埋め立てられちゃったけどな」

ギイの合いの手。

「そうなんすよねー。あんときはすっげ怖かったんで、埋め立てられたと聞いてホッとしたってゆーか、いや、したんすけども、今思うと、なんかもったいなかったかな？　とか。保存しておけば当時の歴史を目のあたりにできたってゆーか」

歴史を研究している人にすれば、現場の保存を！　と望むかもしれないが、

「でも、犯罪に使われていたという歴史だよ？　悪事とはまったく関係のない人たちが今は島に住んでるんだから、きれいに埋め立てられちゃってた方がいいんじゃないかな」

「そうっすかねえ？」

「そうだよ。た――」

たくさんの人が死んでいるんだし。と続けようとして、託生は引っ込めた。

言葉にすると生々しくなる。

身ごもった若妻の転落死だけでなく、託生はどこの誰とも知らぬけれども、多くの人々の血が流されているのだ、この島では。

そんな面影の欠片《かけら》も今は、島のどこにも残っていない。

館《やかた》の改築だけでなく、島の方々に手を入れて、せっかく、ようやく、すがすがしい雰囲気の九鬼島へと変貌を遂げたのだ。

「ぼくが言いたいのは、なにもわざわざ、忌まわしい出来事を思い出す必要はないだろう、ってことだよ」

何十年も前に終わったことを、ほじくり返さなくてもいいだろう。清めと弔いを込めて埋め立てられたと聞いている。なにより、再びの事故や災いが起きないようにと祈られて。

「それはまあ、そうっすけど」

真行寺は、林道の鬱蒼とした木々の隙間から見えてきた、南国のリゾートホテルのような京古野邸を見上げて、「家が廃れて一時は無人島になってたんすよね？　それを京古野さんが買い取って、この十数年で、いつもどこかしらから音楽が聞こえる、人の話し声や笑い声の絶えない、人の息吹に満ちた島になったんすよね？　最初から恵まれてたわけじゃなくて、マイナスからのスタートだったんすよね？　そういうの、俺、隠すんじゃなくて、誇りにしていいと思うんすけど」

——マイナスからのスタート。

十九歳で、マイナスからのリスタートを切ることを余儀なくされた真行寺に言われると、説得力がある。

「だが真行寺、その話、実際にはまだ終わってないぞ？」

「ぇえ？　なっ、なんすかそれ、ギイ先輩、それ？」

真行寺が軽くビクつく。「忌まわしさ現在進行形ってことっすか？　ハッ！　もしかして、アラタさんがいるからっすか？　と、マッピー、じゃない、雅彦《まさひこ》さん？」

乙骨《おっこつ》から母親の旧姓となった嘉納《かのう》雅彦と、三洲新《あらた》、亡き九鬼翁の孫の可能性の高い異母兄弟のふたり。おまけに現在の島の持ち主の京古野耀の実の母親と思われる女性が、件《くだん》の身ごもった若妻なのだ。諸悪の根源である九鬼一族はとうに途絶えているのだが、因縁めいた繫がりは現在進行形で——。

「忌まわしいかどうかは知らんが、表向きは途絶えている家系だが、関係者と思われる人々がばりばりに存命である以上、まったくの部外者が、もう終わった話だ誇りだ云々《うんぬん》と口を挟むのは無責任かな、とね」

「な、……なるほどっす」

「とはいえ、真行寺の言うとおり、マイナスからのスタートでここまでに、ってのは、オレも誇って良いと思うけどな」

と言ったギイに、真行寺の表情がぱあっと明るくなる。

「……っす」

嬉しそうにはにかんで、ふと、「っていうか、葉山サン、そんな忌まわしい過去のある九鬼島で肝試しをやるって、それ、どうなんすか？」

「――えっ⁉」

言われてみれば。

「なにか出るかもですよ？」

「ややややややめてくれないかな真行寺くんっ」

「今更それはないだろう？　京古野さんだけでなく陣内さんたちを始め多くのスタッフがここに住み始めて十数年経つんだぞ。その間、その手の話は出てないんだからな」

ギイが明るく一蹴《いっしゅう》する。

「だ、だよね！　だよね、ギイ」

怖がりの託生は縋《すが》るようにギイを見詰めた。——可愛い。

「だいいち肝試しの場所は、事故のあった物見の砦《とりで》とも隠し港の跡地とも方向違いで、相当離れているからな。そういう意味でも、出る根拠がない」

「……根拠」

真行寺がぼそりと繰り返す。「ギイ先輩の説明って、理路整然としてて、説得力もばりばりあるんすけども、もし逆に、根拠があったら、可能性もあるってことになるんすか？」

「真行寺くんっ、無理に可能性を広げないっ」

「あ、すんません」

「そんなにビクつかなくたって、託生」

ギイが噴き出す。「どうせ託生たちスタッフは、肝試しには参加しないんだろ？」

「しないけど、フォローに当たるから、終わるまでずっと、順路のどこかで、暗闇に潜んでるんだよ？　潜んでなきゃなんないんだよ」

「付き合うし」

さらりと告げたギイに、託生がぽかんとする。

「つ、付き合う？　って？」

「ボディガードとして、肝試しの間は、ずーっとオレが、託生のそばにいてやるよ」

「……ギイ」

「はい！　俺も！　葉山サンのボディガードします！」

「え？　真行寺くんも？」

「ボディガードは二人も必要ないけどな。ただし真行寺の身バレを防ぐには、極力人前には出ずに、裏方に徹するのが良策だとオレも思うよ」

「だって身バレしたら、即撤収なんだよね？　そう、事務所と約束してるんだよね？」

「や、身バレがダメっつーか、問題を起こすのがダメなんすけど。——ＣＭが飛ぶかもしれないんで」

「カンコちゃんも胃の痛いことだよなあ」

「梶谷《かじたに》さん？　あ、梶谷さんといえば、この前、電話をもらったよ」

「葉山サンにっすか？　も、もしかして俺のことで、なにか、ヤバい感じのあれっすか？」

「サマーキャンプを見学させてもらえませんかって。もちろん、真行寺くんの様子もチェックしたいからって」

「お？　カンコちゃん、黒川プロモーションの辣腕《らつわん》マネージャーとして、ＣＭを機にブレイクするかもしれない真行寺の動向と、周囲に目を光らせておきたいと？」

「んー、……多分？」

「えええ？　カンコちゃ、じゃない、梶谷さんのことっすから、俺をダシにしてギイ先輩の姿を拝みたいだけっすよ。ギイ先輩を目にしただけで、あの超絶イケメンオーラを浴びただけで寿命が一年延びるっていつも言ってます」

「また、大袈裟な」

　ギイが笑う。

「あ、それから、財前《ざいぜん》のことも訊かれたよ」

「財前って大学で託生と同門だった、バイオリンの？」

「そう、同じ井上門下生の。九鬼島の下見のときにクルマを出してくれた」

「なんでカンコちゃんが、その財前を気にしてるんだ？」

「サマーキャンプの演奏者として参加してるんですかって訊かれたから、梶谷さん、もしかして、財前のバイオリンを聴きたいの、かな？」

「梶谷さん、クラシックにはたいして興味ないっすよ？」

「そうなんだよねえ」

　これまで託生のバイオリンに、梶谷から関心を示されたことはない。「どのみち財前は、今回、予定している演奏者のメンバーには入っていないから、――飛び入り参加の可能性はあるけど、サマーキャンプの期間中に島に来るかどうかは聞いてないし。だから、はっきりした回答はできませんと、お伝えしたんだけど」

「へえ、財前、託生に打診してないのか？　やけに消極的だな。サツキとのジョイントを狙っていそうだったのに」

　ピアニストのサツキ・アマノ。託生たちの下見の際、偶然にも彼女も島を訪れ、流れで財前のバイオリンの伴奏をした。そして演奏後、ボロクソ（！）にけなした。

　つい数日前にフライングで島へ訪れ、マネージャーに諭されてサマーキャンプが始まってから出直すことになった、せっかちな面もある皐月《さつき》。

「リベンジマッチっすか？」

「そうそう。あれで引き下がったら男じゃないよな？　な、真行寺？」

「俺もそう思うっす！　次こそはちゃんと、借り物ではない自分のバイオリンで、万全に整えて、戦いに挑んでもらいたいっす！」

「戦いとか、リベンジマッチとか、安易に盛り上げるの、やめてもらっていいかな」

皐月と演奏したあとの財前の落ち込みっぷりったら半端ではなかった。あのプライドの高い財前が、託生の前で情けないほどの落ち込みを見せたのだ。

「せっかくサツキがサマーキャンプに演奏者として参加するのに、財前がこの機を逃すとか、もったいないなくないか、託生？」

「……まあ、二度と名誉挽回《ばんかい》の機会はないと思うけど……」

世界のあちらこちらで演奏活動をしている皐月。彼女の演奏会を聴きに行くだけなら話は別だが、たまたま会えることなど、しかも皐月の伴奏でバイオリンを、となると、生涯で再びあるかどうかは、わからない。「でも挑戦したところで、サツキちゃんの評価は厳しいからなあ。リベンジが成功するとはとても思えないし」

名誉挽回は、かなり難しいに違いない。

「でもここでリベンジに挑戦しなければ、あいつはその程度のバイオリニストだったと、更にサツキの心証を下げるだろ？」

「あ、――ああ、そうか。そうかもしれないけど、でもなあ」

とはいえ財前に強要はできない。

「案外、サツキの方も待ってたりしてな」

ギイがニヤリと笑う。

「サツキちゃんが、財前を？　どうして？」

「託生とはまたタイプの異なる、跳ねっ返りと、跳ねっ返りだから。あのふたり、なかなか良い組み合わせだと思うけどな」

「ぼ、ぼくが跳ねっ返り？　え、どこが？」

「どこと訊かれても、具体的にはなあ。三洲も相当な跳ねっ返りだし、皆の共通点としては、一筋縄ではいかない感じってやつかな」

「確かにアラタさんは跳ねっ返りっす。でもぉ、俺は、葉山サンは、跳ねっ返りではないと思います」

「……真行寺くんっ！　だよねっ？」

「オレは、託生の跳ねっ返りの部分も、好きだけどな」

「――う」

託生が固まる。顔が赤い。

「わかりますっ！　俺も、アラタさんの跳ねっ返りのトコ、めっっっっちゃ好きです！」

「だよなあ？　跳ねっ返り、可愛いもんな」

「ですですっ！　しかも俺にだけめっちゃくちゃ跳ねっ返りなのがたまんないっす！」

恋人にだけ見せる顔。――たまらない。

「いや、でも、自分としては、どちらかというと物分かりの良い方かと……」

「葉山サンって、おとなしいし、物分かりも良いっすけども、ちゃんと自分を持ってて、カッコイイと思います！」

「やっ、カッコよくは、ないけども」

「サツキの跳ねっ返りと気の強さは折り紙付きだが、初対面の演奏者にボロクソ言うことは先《ま》ずないからな。財前には、言いやすいなにかをサツキなりに感じたんだろ」

「言いやすい、なにか？」

「先日の、初めて音を合わせたときに、楽しかったんじゃないのかなと」

「ギイには、そう見えてた？」

「ボロクソに言って、まるっきり不機嫌だったから楽しそうには見えなかったが、財前のリベンジを煽《あお》っているような捨てゼリフだっただろ？」

――煽る？

「そうだったかな……？」

やばい。そもそも皐月のセリフを覚えていない。

と、託生が顔に書いたのを、ギイに読まれた。

「託生、オレを信じろ」

ふわりと微笑まれて、託生は素直に頷く。

ギイの記憶力を、なにより、人の真意を汲《く》む勘の良さを、信じている。それによって、どれほど託生は救われたことか。

「わかったよ、ギイ」

ならばこちらから打診してみようか。熱い思いはあるのに、あまりの緊張で震えて動けずにいた財前の、背中を押したあのときのように。


「……ふぅ。壮観ですね……！」

陣内が深く溜め息を吐く。「この館にストラディバリウスのバイオリンが二挺《ちょう》もあるというのは、今回が、最初で最後かもしれませんね」

一挺は、崎義一所蔵の【sub rosa】、もう一挺は井上佐智を通して暫定的に桜ノ宮坂音楽大学に預けられている【BLUE ROSE（仮称）】。二挺とも今回のサマーキャンプのために持ち込まれたものである。

館の主《あるじ》、京古野耀は世界的ピアニストであり、旧家の出の資産家でもあるので、グランドピアノならば館のあちらこちらに常時設置されていた。

その中には、演奏家垂涎《すいぜん》ものの世界最高峰のグランドピアノもある。

現在は、サマーキャンプのために数台のグランドピアノが新たに運び込まれていた。

大きさの異なるいくつかのホールごとに、一台ないし二台が設置されている。

サマーキャンプ中は、二十四時間、いつでも音を出して良い。

立ち入り禁止のエリアを除き、どこで演奏しても良い。

それに合わせ、メインダイニングとして使用するグランドホールでは、二十四時間、飲食が可能となっていた。

子どもたちには規則正しい生活をすすめるが大人たちはその限りではない。特に、芸術家である音楽家たちは縛られるのを嫌う。彼らに最高のパフォーマンスを発揮してもらい、子どもたちへ最高の刺激を与えるために、できうる限りのサービスをする。

それらを楽々とこなすスタッフを抱え、思う存分楽器を演奏するのに近隣への影響を考慮せずに済む、そういう意味で九鬼島は、願ってもない環境であった。

この部屋は、もともとは展示室として設計されたものではないが、天井までの高さのある透明なショーケースが室内を取り囲むよう壁に沿ってずらりと並び、そこに、京古野が縁あって手元に集めた、バイオリンやビオラやチェロなどの弦楽器、フルートやトランペットなどの管楽器、また特殊な民族楽器などが、鑑賞できる形で収納されていた。

機能としては、様々な楽器の保管場所である。

後生大事にケースにしまいこんでおいても良いのだがこうして陳列しておくと、演奏してみたいと来客が申し出てくれるので楽器のメンテナンスとしても好都合なのだ。

演奏されてこその楽器。

しまわれたままでは、本望ではないだろう。

「ですが佐智さん、本当に貸し出しをするのですか？　試奏ではなく？」

バイオリンと弓をセットにして、ショーケースの中央へ二挺のストラディバリウスが並んで陳列されている。

「貸し出しとなれば、相手は選ぶことになるのかな」

天使の微笑みの井上佐智。「けれど、試奏だけなら、この部屋から持ち出さなければ、誰が弾いてもよしとしようかな」

一挺でも軽く億を超える名器。と、同時に、お金を出したところで必ずしも手に入れられるわけではないストラディバリウス。なにより、二度と作られることのない、失ったならば二度とこの世に現れることのない、遠い過去の遺産である。

「……お預かりするのは、責任重大ですね」

緊張気味に陣内が続ける。

井上佐智が京古野邸のスタッフを信用してくれているからこその、裏企画。

主の京古野と佐智は、年齢こそ十歳以上離れているが同じ大学の教授仲間であり、それ以前から音楽家同士の親交があった。

京古野が九鬼島を手に入れたことにより、小型のボートで海を渡って行き来できる距離にある、伊豆半島の海沿いに建つ古くからの井上家の別荘と交流も生まれた。なにより、佐智は音楽家としてまた信頼できる人物として京古野を高く評価しており、京古野も佐智を高く評価しているのである。

「陣内さん。どちらのストラドにしろ、もし、どなたかが弾きたいと申し出てきたら、必ず葉山くんを同席させるようにしてください」

「葉山さんを、ですか?」

「過去に、義一くんのストラドを弾いていたのが葉山くんなんだ。この楽器の扱いを、持ち主の義一くんより理解しているよ」

「そうなんですか?」

「陣内さんが前職を辞めるきっかけになったあの年の夏、この館で、葉山くんは

【sub rosa】で、京古野さんのレッスンを受けたんです」

ピアニストによるバイオリンの指導。異例で特殊なことだが、あの頃の託生には有効で外せないレッスンであった。

「……そうだったんですか」

「それに【BLUE ROSE】を最初に持ち主から託されたのも、葉山くんだし」

偶然というのは面白い。

井上佐智へ贈りたい、との先方の意向を受けて、海外の演奏旅行から佐智が戻るまで託生が預かることになったのだが、製作者のサインの書かれたラベルが剝《は》がされていた古いバイオリンが未発見のストラディバリウスかもしれないと、試奏の結果、確信したのも託生である。

バイオリニストを虜《とりこ》にする魔力を持つストラディバリウス。

そして、ストラド弾きにはストラドがわかるとも言われている。

葉山託生が【sub rosa】を愛器として弾いていたのは、振り返れば、たった一年半ほどの短い期間だったのだ。にもかかわらず、託生にはストラディバリウスが深く滲《し》みついていた。その後の〝触れていない期間〟が〝弾いていた期間〟の何倍もあったのに、彼にはストラドがわかったのだ。——感じたのだ。

それは、楽器を奏でる者たちの、不思議な感性でもある。

「ということは、城縞《じょうしま》さんとのジョイントでは、葉山さんは久しぶりに【sub rosa】を弾かれるのですか？」

「とは、聞いてないなあ」

「せっかくならば、葉山さんに【sub rosa】で演奏していただきたいものですが」

「触っていないブランクが相当ありますし、城縞くんとの演奏でいきなりバイオリンを替えるのは、楽器そのもののコンディションと、楽器を弾きこなす熟練度という二点で、けっこうリスキーだと思います。そのあたり、ピアノとはかなり付き合い方が違うので」

「……確かに」

ピアニストは、出向いた先のピアノを弾く以外の選択肢を持たない。

自分のピアノを世界中どこへでも持ち運び演奏会を行うピアニストもごくごく稀にいるが、金銭的な負担やスケジュール管理はかなり厳しいものとなるので（搬入後にすぐさま調律を行い、移送をするとトラブルも発生しがちになるので、調律師は終始つききりである）かなりのレアケースだ。そこまでではなくとも、契約しているメーカーが自社のピアノを演奏会用にレンタルしてくれる場合もあるし、ホールによっては所有している数台から選べることもある。だが、そのような恵まれたケースは非常に限られている。

ほとんどの場合、そこにあるもので最良の演奏をせねばならぬ楽器を選べないピアニストと、自分にとって最良のバイオリンを常に持ち歩き演奏しているバイオリニストでは、楽器との向き合い方の根っこの部分が真逆である。

「個人的には、過去に葉山くんは【sub rosa】をうまく鳴らしていたので、また弾いてくれるといいなとは思っていますけれど」

「立ち入った質問で恐縮ですが、葉山さんは【sub rosa】を、どうして現在は弾いてらっしゃらないのですか？　葉山さんと義一さんの間柄でしたら、弾かせたくない、ということはなさそうですのに」

「義一くんは、できれば葉山くんに弾いてもらいたいでしょうが、現在、葉山くんが使っているバイオリンは、彼が自分の力で購入した、世界にひとつだけの彼のバイオリンですから」

ストラディバリウスとは比べものにならないバイオリンだとしても、葉山託生にとっては、かけがえのないパートナーなのだ。
佐智にとってのアマティと同じく。

愛器を何挺も持ち、場面や曲目に応じて使い分けているバイオリニストもいるけれど、楽器と深く付き合おうとしたならば、複数持ちはどうしても気持ちが分配されて薄くなりがちだ。

それはそれで良い面もあるのかもしれないが、少なくとも佐智は、――託生も、ひとつの楽器と、どこまでも深く付き合いたいと望んでしまう。

どこまでも深く付き合って、その結果、楽器のポテンシャルの限界に突き当たり替えることを余儀なくされるのならばともかくとして、上っ面を撫《な》でた程度で次へ行くのは、楽器に対して誠実ではない、ような気がしている。

「世界にひとつだけの……」

陣内が静かに繰り返した。

「そもそも、今のバイオリンのポテンシャルですら、葉山くんが充分に引き出しているとは、現状、とても言えないですし」

「手厳しいですね」

「ただ、いつか、自分が表現したい音楽にどうしても【sub rosa】が必要だと葉山くんが切望するようになったならば、そのときは、躊躇なく選び取ればいいと思ってもいますけど」

「……いつか」

「それが百年後でも数十年後でも、来年でも、明日でも、今日だとしても、もし訪れたならばそのときは、迷う必要はないと思いますけどね」

自分の音楽に【sub rosa】が必要な瞬間、もしそれが葉山託生に訪れたとしたら、演奏からセミリタイアしている彼の人生が大きく変化した証《あか》しでもある。

「佐智さんと葉山さんは同い年ですけれど、やはり先生と生徒、なんですね」

大学を卒業して既に十年に近い年月が過ぎているのに、今も成長を期待され見守られているとは。……少し、羨ましい。

「そうですか？　そんなふうに見えますか？」

佐智がふわりと微笑む。——それは紛《まご》うことなき、天使の微笑みだった。

真夜中近くに部屋へ戻ったのに、託生はまだ戻っていなかった。

「仕事熱心だなあ」

働き者の恋人は、今夜は何時に部屋に戻って来られることやら。

サマーキャンプの開始日が迫っているので、メインスタッフである託生の多忙さにも拍車がかかっていた。その上に、本番に向けてバイオリンの練習時間も捻出《ねんしゅつ》せねばならない。起きたまま戻りを待つのもいいが、託生のことだ、自分に気を遣わず先に休んでいてもらいたいだろうなと予想する。

寝るにしろ、起きているにしろ、朝から晩まで体を動かし続け、汗もたっぷりかいたので、ギイはまずシャワーを浴びることにした。

高校三年生のときにふたりで使わせてもらった懐かしき客室、あの頃よりコンセントの数が増え、家具もスタイリッシュになっている。

マイナーチェンジを続け、常に進化している京古野邸。バスルームのシャワーヘッドも前回とは違う。

「はあ、さっぱりした」

バスタオルを腰に巻き、フェイスタオルで濡《ぬ》れた髪をがしがし拭《ふ》きながら、バスルームからベッドルームへ行くと、

「ぅわっ！」

ギクリと託生が振り返った。

「――なにしてんだ、託生？」

に。

　いつもなら、戻ったならば「ただいま」と、バスルームの外から挨拶してくれるのに。

「ま、まだ見ないで」

　なにかを隠すようにして、託生がガバッと両腕を広げる。

「見ないでって、なにを？」

「い、いいから、バスルームに戻って、濡れた髪を乾かしてて」

「はいはい」

　ギイは軽く頷いて、バスルームへUターンする。

　ドライヤーの騒音で、託生がなにをしているのか音すら聞こえずさっぱりわからなかったのだが、ギイはわくわくとしていた。

「もう少し、バスルームでまったりしてれば良かったなあ。せっかくのサプライズ、失敗させちゃったなあ、悪かったなあ」

　そこは申し訳ないけれども、口元が緩んで仕方ない。

　念入りに髪を乾かし、さすがにもう大丈夫かなと、バスルームからベッドルームへ。

　室内の明かりが落とされた暗闇に、窓際のソファセットのテーブルに置かれたキャンドルの炎がエアコンの風で僅かに揺れて、周囲に踊るような濃淡の影を作り出す。

キャンドルに照らし出されているのは、テーブルにセッティングされたミニサイズのホールケーキと、涼しげな透明のワインクーラーに横たわるシャンパンボトルと、シャンパングラスがふたつ。

それらを背にして立つ、はにかんだ表情の託生。

腕時計をちらちらと見て、

「……きた」

と、ちいさく呟くと、「誕生日、おめでとう、ギイ」

クラッカーならぬバラの花びらを、ぱあっとギイへ撒《ま》いた。

「お、フラワーシャワーか」

頭上からひらひらひらと降り注ぐバラの花びら。たちまちバラの高貴な香りに包まれて、

「てか託生、オレ、この恰好のままでいいのか？」

下着なしのバスタオルのみ。

ギャップがすごい。

「あ、だね、なにか着て、ギイ」

クローゼットからパジャマがわりにしている短パンとTシャツを出して、着る。下着は穿《は》かない。穿いてもどうせすぐ脱ぐことになる。

なかなか抜けないシャンパンの栓と格闘している託生へ、

「やろうか、託生?」

訊くと、

「ううん、いい。ギイはソファに座って待ってて」

眉間《みけん》にぐっと皺《しわ》を寄せ、しばらくすると、ポン! と弾むようにシャンパンの栓が抜けた。続けて、口の狭い細長いグラスへ、こぼさないよう集中しながら託生がシャンパンを注ぐ。

栓と格闘する姿も、全力集中でシャンパンを注ぐ姿も、どちらもぎこちないけれど、どちらもたまらなく可愛い。——愛しい。

「では、改めまして」

グラスを渡され、「ギイ、誕生日おめでとう」

チンと軽くグラスを合わせてから形ばかり一口飲むと、大きく前のめりで、「今年は、ぼくが一番乗りだよね?」

瞳を輝かせて託生が訊く。——可愛い。

日付が変わったのと同時に祝福を伝えてもらった。しかも、目の前で。

「ああ、間違いなく、託生が一番乗りだ」

そんなことにこだわらなくてもよいと思うが、野暮は言わない。

シャワーを浴びた後の渇いた喉《のど》に、冷えたシャンパンが美味しい。炭酸が心地よく喉を滑り落ちてゆく。

きっちりとしたこの冷たさ。グラスまでちゃんと冷やしておいてくれたのだなあ、託生。

ギイは感動しつつ、

「今夜のために、いろいろ準備してくれてたんだな。にしても、シャンパンは前以て買っておけるだろうが、ケーキは？」

さすがに前以て買って島へ持ち込むには、ギイの誕生日までに日にちが開きすぎる。冷蔵で傷むほどではないにしろ、乾燥して生クリームは固くなり、味も悪くなってしまう。

「うん。島に来る前に買っても日保《ひも》ちしないし、そう簡単には町まで買い物にも出られないから、料理長さんにお願いして特別に作ってもらったんだ」

「そうか、料理長さんにか。サマーキャンプの仕込みで忙しいだろうに、ありがたいな。オレからも明日、お礼を言おう」

「これ、試作品なんだって。スイカのケーキだよ」

「スイカ？　水分が多すぎて、生クリームを使ったケーキにするのはかなり難しいだろ？」

「旬の果実を使った斬新《ざんしん》なケーキで子どもたちをもてなしたいって、ものすごく試行錯誤したんだって。で、ぜひともギイにも試食をって」

「なるほどなあ。なら、迷惑にはなってないのかな」

「なってないよ。感想を楽しみにしてるって」

「わかった。心して、いただこう」

笑ったギイに、託生も笑う。

と、ふと、

「――だよね。自信作ができたら、感想を聞きたいよね」

「ん？　託生？　なんだ、突然？」

「うん、ちょっと……」

うやむやにしてしまった、カフェの新作ケーキの感想。井上教授は美味しそうに召し上がっていたけれど、言葉としての感想は特にはなかった。「ありがとう、ごちそうさまと伝えておいてね」とだけで。

甘いものが得意でない託生の感想は、はっきり言って、我ながらまったくアテにならない。

「なにか、やらかしたのか？」

　ギイが優しく託生の顔を覗き込む。

「……もしかしたら」

「そっか」

「もう少し踏み込んで、感想をもらえば良かったなって」

「なんの話かまったくわからないが、今からでも対応可能ならばやってみるといいよ」

「……うん」

　新作ケーキはとっくにカフェで売られていて、今更感が拭《ぬぐ》えないが、「たった一言でも、励みになるよね」

　感想を宣伝に使いたいと言われてしまうと抵抗が生まれる。井上教授が利用されることを、バリバリに警戒しているので。とはいえ——。

　井上教授が味の感想を述べられなかったのをいいことに、まっすぐ、うやむやコースを突き進んだ。

　今頃、申し訳ない気持ちになる。カフェではスタッフからだったが、ケーキを渡してくれたときのケーキを作った当人である料理長の、期待に胸弾ませる表情を見てしまったので。

「話はさっぱり見えないが、託生がそう思うのならば、きっとそうだよ」

「……うん。ありがとう、ギイ」

「それより託生、室内灯を暗くしているということは、年齢の本数のロウソクを吹き消すイベントをするってことだよな？　早くやろう？　オレ、絶対に一息で吹き消すから」

「あっ！　ごめん！　灯《あか》りを暗くしたのは雰囲気を盛り上げたかっただけで、吹き消すイベントは用意してないんだ。だって、この面積にロウソクを三十本も立てられないよ」

「そうか？」

ロウソクの種類によっては、太さ三〜四ミリ程のスリムタイプであれば三十本くらい楽勝で立てられるだろう。ただし、さすがに三十本ともなるとその熱で生クリームは溶けてしまうしロウも垂れ落ちケーキの味が微妙になってしまうかもしれない。そもそも、律義に三十本立てずとも数字をかたどったロウソクならば二個で事足りる。が、それはさておき、「ふむ。だったら、テーブルのキャンドルを吹き消そうかな」

用意されていないのならば仕方あるまい。

せっかくその気になっているので、この際テーブルのキャンドルでもいい、願い事をしてから一息で吹き消してみたい。三つ叉《また》のアンティーク風燭台《しょくだい》に立てられた太い三本のロウソク、そのしっかりとした三つの炎を。

「だっ、駄目！　そんなことしたら、部屋が真っ暗になっちゃうよ」

「暗いの苦手だもんなあ、託生」

からからうギイを、きゅっと睨《にら》んで、

「そっ、そんな意地悪を言うのなら、プレゼント、あげないからね」

託生はぷいっとむくれる。

「えっ!?　もしかして、間に合ったのか？」

更に前のめりになったギイは、喜びのあまり、そのまま託生のくちびるにチュッとキスを弾ませた。

条件反射で咄嗟に身を引いた託生。――どっと顔を赤くして。

可愛い。

いつまで経ってもウブな反応をしてくれる、慣れないところもお気に入りなのだ。

照れ隠しのように素早くソファから立ち上がると、託生はチェストに置いたバイオリンケースの中からリボンの巻かれた紙の包みを、形を崩さないよう、そっと取り出した。

託生の大事なバイオリンの入ったケースに、大事そうにしまわれていた自分宛の誕生日プレゼント。それだけで、もう、グッとくる。

ギイもソファから立ち上がり、託生の前へ立つ。――キャンドルの揺らぐ明かりに照らされる託生も儚《はかな》げで乙だなと思う。

両手で差し出されたプレゼント。ギイも両手で受け取って、すぐ脇のベッドへ腰掛け、プレゼントを膝《ひざ》に置き、

「開けていい？」

と、託生を見上げる。

「……うん」

控えめながらも誇らしげに頷く託生の前で、ことさら丁寧に包みを開けた。包装の仕方からして日本で購入したのではなさそうな、――タグを見ると、イタリア語。

と、室内がパアッと明るくなる。

気を利かせて、託生が室内灯のスイッチを入れたのだ。キャンドルの明かりだけでは手元が暗いし、肝心のカラシ色の色合いもわからないので。

包装紙から現れたのは、すらりとした印象の革の手袋。明るすぎず暗すぎない絶妙

な按排《あんばい》のカラシ色、手触りでわかる革の質の良さ、縫製の確かさや、差し色として使われているやや明るめのステッチの小粋さ、なによりサイズが、

「ぴったりだ」

指先にほんの少しゆとりができる。「――完璧だ」

託生は隣へ腰を下ろすと、

「気に入った？」

と訊く。

「もちろん」

ギイはほうと息を吐き、「これはオレには一生ものだな」

大切に使う。最高の手袋だから。

「良かった」

微笑む託生に、

「……たまらないな」

そっと、囁く。

手袋をしたまま、託生の頬に手を滑らせる。

鞣革《なめしがわ》の滑らかな感触に、託生がちいさく息を吸った。

「……ギ、ギイ、シャンパン、ぬるくなっちゃうよ」

「だな。生クリームも溶けて崩れてしまうかもな」

　実際にはエアコンの冷房がかなり強めに効いているので、グラスのシャンパンはともかく、ケーキの生クリームに関してはすぐにどうこうということはないのだが。

「な、なら、先に、食べる？」

「ああ、先に食べる」

　キスをして、そのままベッドへ押し倒す。

「……あ、あれ？」

「電気、消さなくてもいい？」

「け、消してほしい」

「キャンドルは？」

「……そのままで、いい」

　怖がりの託生は暗闇を嫌がるが、就寝するときには電気を落とす。おまけにたいそうな恥ずかしがり屋なのでＳｅｘのときは絶対に暗闇でないと許してくれない。託生の表情も堪能したいギイとしてはせめてシェードランプは点《つ》けたままにしておきたいのだが、その託生が、キャンドルの明かりを残してもいいと言う。

「りょーうかいっ」

ギイは素早く体を起こすと、慎重に両手の手袋を外し、バイオリンケースの横へ左右を揃えてそっと置く。そして壁の室内灯のスイッチを切った。

膝から先をベッドの縁から下へ落として仰向《あおむ》けにされていた託生は、体を起こして靴だけ脱ぐと、少しだけ枕の方へ移動する。

ギイは歩きながら、さっき着たばかりのTシャツを脱ぎ、託生の前を通り過ぎてテーブルへ。そしてキャンドルの三本のロウソクのうちの二本を、ふっと、吹き消した。

暗い室内が更にすっと暗みを帯びる。

「……ギイ？」

一本のロウソクだけ残して、託生の元へ。

Tシャツを隣のベッドへぽんと放って、ベッドへ膝をつき、託生へとにじり寄る。

「二本は託生へ返すよ。一本だけ、もらっておく」

そう、キャンドルの明かりも託生からのプレゼントだ。

恥ずかしがり屋の託生くん、どこまでも、今夜を特別なものにしようとしてくれるんだな。

――ああ、なんて素晴らしい夜だろう。

ギイは託生へ思いを込めてキスをする。

「託生……。最高の誕生日を、ありがとう」


館のスタッフは制服を着ているが、ボランティアスタッフは私服である。そこで目印として揃いのサマージャケットを着用していた。胸にはネームプレート。各自でボランティアネームを設定して、アルファベットとカタカナの並列表記で。

サマージャケットを着ていれば、遠目からでも一目でボランティアスタッフだとわかるし、また、スタッフがジャケットを脱いでいるときは休憩中なので用事を頼むのは控えていただく。ボランティアにも自由時間は必要である。

そして、アイテムがもうひとつ。

サマーキャンプでの公用語は英語である。指導または演奏する音楽家の半分以上が海外から訪れるので、必然的に会話は英語で交わされる。参加者の子どもたちには通訳がつく。大人たちにも、必要に応じて通訳がつく。

　ボランティアスタッフに通訳はつかないが、英語が喋れるスタッフにもそうでないスタッフにも、ワイヤレスのイヤホンとマイクが支給されていた。ボランティアスタッフだけでなく、館のスタッフにも、全員に。

　対応に困ることや、なにを伝えられたのかわからないときは、即座にマイクを通して詳しいスタッフへ問い合わせができる。

　託生にはギイが秘書役として常に帯同しているので通訳は必要ないのだが、それはそれとして、もちろんイヤホンとマイクは装着していた。

「雑音は入らないし、あのイヤなキーンってハウリングもしないし、一日じゅうつけてても耳が痛くならないし、館のどこにいても、島の端っこにいても繋がるし、バッテリーは異常に長持ちだし、このセット、すごくないっすか？」

　テンション高く真行寺が唸《うな》る。「これ、本職でも使いたいなあ。舞台とか、スタジオで。どこのメーカーのなんだろう？」

　残念ながら、イヤホンにもマイクにもメーカーの刻印はない。

　それもそのはず、

「市販品じゃないからな。わかったところで、買えないぞ」

ギイが答える。

「そうなんすか？」

「性能が高すぎて市場には出せないんだよ」

ギイは笑って、「だが、プライベートアイランドである九鬼島でのサマーキャンプでは、これくらいの性能がないと用が足りないからな」

普段はここまで頻繁に、綿密に、スタッフ同士が連絡を取り合うことはない。どのような来賓が訪れようとも。

準備や後片付けを含めて二週間以上かかるサマーキャンプ。今回は特に、その間に予定されている人の出入りの激しさが半端ではなく、スタッフにはいつにも増してフレキシブルな対応が求められているのだが、このセットがそれを可能にしていた。

「え？　サマーキャンプ限定っすか？　ってことはこれ、京古野家の備品じゃないんすか？」

「そういうこと。サマーキャンプの間だけのレンタル品だよ」

「へええぇ？　さすがギイ先輩、詳しいっすね！」

素直に感心する真行寺。

もちろん託生にはわかっていた、出所はギイだと。

メーカー名はないのだが『1/100』や『2/100』などの数字が打たれていた。イヤホンとマイクには同じ数字が。それが一セットごとの通し番号となっていて、全体で百セット。誰が何番を持っているのかもわかるようになっている。

どこで造られたものかは秘密だが、充分な数が惜し気もなく京古野邸へ提供されていた。そして、性能が高すぎて市場に出せない、とは、軍事機器のレベルである、という意味だ。故に、サマーキャンプが終わったならばひとつの抜けなく回収すべく通し番号が振られ、誰に支給されたのかもチェックされているのである。

管理は厳重だが、それをポンと貸し出してしまう、ギイの懐の深さに託生はやられる。

おかげさまでサマーキャンプは滞りなくスタートし、特にトラブルもなく、三日目夜の肝試しもおおいに盛り上がった。狙いどおりに皆が打ち解け、当初は緊張して英語どころか日本語ですら言葉数の少なかった子どもたちが、萎縮せずに日本語だろうと単語を並べただけの英語だろうとかまわずに、質問できるようになっていた。

そして本日は日曜日、サマーキャンプの折り返し地点であり、唯一の休日である。子どもたちはクルーザーで海を渡って伊豆半島の一日観光に出掛けていた。引率は京古野家のスタッフ数名。近隣情報にさほど詳しくない託生たちボランティアスタッフでは、残念ながらろくな観光案内はできない。反して、館のスタッフは観光案内のベテランであった。

子どもたちは全面的に館のスタッフへお任せして、子どもたちだけでなく大人たちも、もちろんボランティアスタッフも本日は休日であり自由に過ごしていいのだが、真行寺は島に残っていた。

三洲が、今日は一日のんびり部屋で体を休めたいと言ったので。

ボランティアとは思えない、完璧な働きをする三洲新。朝から晩まで一日中神経を張り巡らせ（例によって他者からはたいそう柔和に見えるが）、一瞬たりとて気を抜くことがない。いくら真行寺ならばそこにいても邪魔にならないと三洲が言っても、ひとりきりの方がちゃんと休める。そういうものだ。三洲とのふたり部屋、ちゃんと休んでもらいたいから真行寺は外に出ている。さりとて三洲を島へ残して遊びに出ても楽しくない。そこで真行寺も島でのんびり過ごすことにしたのだ。ただし、ちゃっかりランチの約束は取り付けた。三洲には遅めの朝食となるが。

約束の時間になるまでと、館の中を目的もなく、なにをするでもなくぶらぶらしていたときに託生に声を掛けられた。予定がないのならば一時間ほど仕事を手伝ってもらえないかと。

急遽《きゅうきょ》の申し出だが、渡りに船とばかり真行寺はオーケーした。即刻部屋へ戻り、ベッドで熟睡していた三洲の眠りを妨げないよう、静かに、素早く、部屋で装備を整えて、託生たちと合流した。

行き先は、海に全方位を囲まれた九鬼島唯一の港。

——市販品ではない、イヤホンとマイク？

「もしかして！」

真行寺が閃《ひらめ》く。「高校んときの夏休みの、九鬼島の地下洞窟を探検したときにギイ先輩が皆に配った、あのカード電卓みたいな形のハイテクの塊みたいなスマホ？　ガラケーじゃないっすよね？　あれもすごかったっすけど、もしかして、これはあれの進化形っすか？」

「まあな」

ギイは曖昧に笑う。

進化形といえば進化形だが、マイクとイヤホンに特化した分、性能は桁違いに高い。あまり大きな声では言えないがバッテリーが長持ち、ではないのだ。イヤホンを装着することにより人体から電力が供給される。人体が帯びている微量な電気を電力へと変換し、強力に増幅させ、島の端であろうと館の地下であろうと通信を可能にしているのである。

似たようなもので、無線給電の技術を利用し常に電力が供給されて充電なしで使用できる製品というのもこの世にあるが、テロやトラブルにより給電システムがダウンしたならば一斉に電力の供給がストップし、使用できなくなる。また給電エリア内でなければ、そもそも電力を受け取ることができない。

さておき。

「市販されたら、買いたいなあ」

と、真行寺。

「時代《とき》が来たらな」

ギイはからりと笑い、「託生、もうそろそろか？」

話を変えた。

「うん、そろそろだと思う」

ここは九鬼島南端にある船着き場、規模は小さいが港である。それでもクルーザーやボートが同時に数艘《すうそう》係留できるので、設備として申し分なかった。

そろそろ船が到着する、新たな来客《ゲスト》を乗せて。ボランティアスタッフは休みでも、主催側スタッフの託生に期間中の休みはない。

「大丈夫かなあ、サツキちゃんと財前。向こうの港で船の到着を待つ間とか、船に乗っている間とか、揉《も》めたりしてないといいんだけど……」

託生は心配で、気が気でない。

「揉めるというか、サツキが一方的に財前に突っ掛かるというか」

ギイが茶化す。

そんなつもりはまったくないのに、むしろ自信家の財前がらしくなくめちゃくちゃ控え目に接しているのに、面白いくらい皐月を刺激するのだ。皐月からの容赦のない返しに、自信家なだけでなく余裕あるポーズも売りの財前が、終始おろおろしっぱなしなのである。

「せっかく財前が前向きになったのに、サツキちゃん、会った早々に財前の繊細なハートを砕いてないといいんだけど……」

「まあな」

託生が折に触れ財前を鼓舞し続け、ようやくの参加となったのに。ギイとしてもその努力が水泡に帰するのは避けたいが、「かといって、別々の船にってわけにはいかないものな」

「うん。熱海《あたみ》の港まで迎えに行けるの、今日はこの一回きりだから」

この船着き場には現在、船は一艘も停まっていない。伊豆半島の観光をしている子どもたちだけでなく、唯一の休日にあちらこちらへ遊びに出掛けたゲストたちを乗せて、すべて出払っているのだ。

キャンプ開始数日前にふらりと九鬼島を訪れた皐月だが、自身が演奏を披露するのはキャンプの後半。なのでフライングもフライングであった。スタッフ総出で準備に当たっていた最中でゲストのもてなしなど到底できない状況で、皐月には出直してもらうことになったのだが、キャンプスタートのタイミングで改めて島を訪れるつもりでいたところ、滅多に日本にいることのないショパン国際ピアノコンクールの覇者である若きピアニストを世間が放っておくはずもなく、瞬く間に次々とスケジュールが埋まり、結果、本日ようやく島へ。

そして、もうひとり。

託生のバイオリンとペアでサン＝サーンスを弾く予定のピアニストの城縞恭尋《やすひろ》も、この船で島へ来ることになっていた。彼もまた新進気鋭の若きピアニストであり、大学時代の託生の伴奏者であり、託生にとって数少ない、貴重な、気の置けない友人のひとりでもあった。

「託生、到着するゲスト、全部で何人だ？」

ギイが訊く。

「船長からの連絡だと、最終的に乗船したのは全部で十八人かな」

「なら、電動カー三台に分乗か」

「前情報では十三人だったから、ここにある二台で足りるはずだったんだけれど。さっき陣内さんに連絡して、館から一台都合してもらうよう手配したよ」

「ふむ。電動カーは足りるとして、ゲストの荷物の量によっては、オレたち全員は乗れないかもしれないな」

個人差はあれど、演奏家の荷物はなにかとかさばる。しかも、大きい。ケースに入ったコントラバスなど、ヒトひとりより大きい。

「ギイ先輩、俺、端《はな》から歩くつもりだったんで、乗れなくても大丈夫っす！」

「オレもいざとなったら歩きでかまわないが、託生は乗っていけよ、アテンド役なんだから」

「わ、わかった」

ひとりで十八人ものアテンド！　に、密かに託生が緊張する。

「てか、二台まわしてもらえば良かったっすね、葉山サン」

真行寺が無邪気に笑う。

「ぼくもそうしたかったんだけど、ついうっかりしてたけど、電動カーはあるんだけど、今日は運転手が足りないから」

ボランティアスタッフなしで館のスタッフだけでまわしているので、本日は圧倒的に人手が足りない。

「あ、そっか、そーゆーことっすか。じゃあ仕方ないっすね」

真行寺が納得する。

「それと、真行寺くんにはぎりぎりまで内緒にしてくれと頼まれていたんだけど、この船には梶谷さんも乗ってるよ」

「ひゃっ!? カンコちゃ、や、梶谷さんがっすか!? マジで、来たんすか!?」

マネージャーの名前が出て、真行寺の背筋がしゃんと伸びた。

「スケジュールを調整して、なんとしても今日に間に合わせたんだそうだよ」

託生が笑う。

「へ? 今日狙い、なんすか?」

心配性のマネージャーが真行寺の様子をチェックするためだけに島を訪れるのならば、日にちにこだわる必要はない。ヒントは、託生の笑み。「はっ! つまり?」

「そう、つまり真行寺くん、この船には——?」

「財前さんが乗ってます！」

「できれば財前さんとスケジュールを合わせたいです、と、頼まれてて。日にちを知らせておいたんだ」

「ぬ、抜け目ないな、カンコちゃんっ」

「本当に仕事熱心だよね、梶谷さん」

初対面で直感的に財前に興味を抱いた梶谷は、スカウトへ動く前に、財前をマネージメントすることに本当に旨《うま》みがあるかどうかを慎重に吟味している。確信が得られたならば、社長に直談判《じかだんぱん》してでも許可を得て、財前を〝莉央《りお》〟〝真行寺〟に続く、黒川プロモーション三番目の所属タレントにすべく本格的に口説きに入るのだろう。――特例の〝汐音〟は除き。

「いやいや葉山サン、財前さんに関しては、カンコちゃんの趣味と実益を兼ねて、っすよ。だからそんなに純粋なモノじゃないと、思うっす」

「趣味と実益……！」

真行寺の物言いに、ギイがふふふと笑う。「ふむ。悪くないな、そのスタンス」

公私混同や職務の私物化とは似て非なる、絶妙さ。

そのとき、港の入り口から中型のクルーザーが姿を現した。舳先《へさき》のデッキに立つ皐月が、港に託生たちを見つけてぶんぶんと手を振っている。小柄な皐月がクルーザーの上下の揺れや風の勢いに煽られて海に落ちては大変とばかり、横でハラハラしているのは財前。

皐月と財前、悪くない組み合わせとギイは思うが、本人には内緒だけれど、皐月の想い人は十年前から託生である。皐月にとって、託生はヒーロー。ギイと託生の関係を知っている皐月は、託生とのステディな関係は望んでいないが、託生を越える人でなければ好きになんかなれないと、ギイに、こっそり打ち明けていた。

なかなかの難問だ。――託生を越える、などと、そんな人が果たしてこの世にいるのだろうか？　少なくともギイにとって、託生を越える人など存在しない。託生は覚えていないけれども、幼い日の、ふたりの出会いのときからずっと、いつも心に託生がいた。託生を思うと心にすっと光が差した。

暖かくて、明るい。

ギイのこれまでの人生を支えてくれたのは間違いなく、葉山託生の存在なのだ。

そしてまさに今、再び、ギイは託生に救われている。託生だけが、永遠に時が止まったような凪へ、一陣の風を吹かせるのである。

クルーザーが接岸され、ゲストが次々に降りてくる。

駆け寄って、飛びつくように託生にハグしたのは皐月。

「やっと会えたわ、タクミ！　この前は追い返されちゃったから」

と言いながら、皐月は真行寺を睨む。

「え？　俺っすか？」

「大丈夫だ真行寺、ただの冗談だから」

ギイがすかさずフォローする。「サツキ、その手のジョークは真行寺にはやめておけ。真に受けるから」

「そうなの？」

皐月は意外そうに真行寺を眺めて、「ごめんなさいね」

と謝った。

「や、やや、いいえ、気にしてないっす、ぜんぜん」

慌てて否定しながら、真行寺は皐月の向こうに梶谷を見つけた。——ばっちり、目と目とが合う。「すっ、すんませんっ、ちょっと失礼します！」

ペコリと挨拶して、小走りに梶谷の元へ。

ところが梶谷は、皐月の横で心配そうにしている財前を、気づかれないようさりげなくチェックするのに忙しく、真行寺のことなどほぼ眼中になかった。

「……はぁ、カンコちゃん」

　やれやれとばかりにぼそりと呟くと、瞬時に梶谷幹子《みきこ》が反応する。

「真行寺っ、人前では名字を呼んでっ」

　すかさず小声で叱責されて、と、どこからか、ぷぷっとちいさく噴き出す声が。──

──聞き覚えのある声が。

「……えっ⁉」

　梶谷に隠れるようにして、華奢《きゃしゃ》な少年が、──少年？　のようなボーイッシュな服装で変装している、「莉央サンっ⁉」

「しーっ‼」

　ふたりに素早く窘《たしな》められて、真行寺は慌てて口を噤《つぐ》む。

　なんだ？　なんだ？　なにが起きているのだ⁉

「……り、莉央サン？　どうしてここに？」

　真行寺はこっそり尋ねる。

「今日からオフなの」

　莉央もこっそり答える。

「や、それ、理由になってないんすけど」

「んー、じゃあ、カネさんの顔が見たくなったから？」

「それも、理由になってないっす」

「大丈夫よ真行寺、社長の許可は取ってあるから」

すかさずの梶谷のフォロー。――マネージメントは優秀だが、莉央に甘いのが最大の欠点と常々社長から指摘を受けている梶谷である。

「葉山サンにも、伝えてあるんすか？」

「人数だけね。私と、もうひとりって」

「……カンコちゃん」

「こら、真行寺。梶谷さんと、呼びなさい」

「や、でも、俺はまだ世間的には駆け出しの俳優だからあれっすけど、莉央サンは、バリバリの芸能人っすよ？　本当に、大丈夫なんすか？」

「あのね、真面目に答えるとねカネさん、莉央、クラシック音楽のサマーキャンプってどういうものなのか、すごく興味があったの。この機会を逃したら一生縁がなさそうだし。それと、カネさんがどんなふうに工夫して普通の人っぽくスタッフしてるのか、見てみたかったし」

「でも俺、実はぜんぜん普通にしてるっす。俺、ぜんぜん、目立たないので」

「……でしょうね」

梶谷が腕を組んで、大きく頷く。梶谷の視線の先には崎義一。クルーザーから降りたゲストたちが、洩れなく彼を、二度見、三度見している。

こそこそと会話を交わしていた三人の脇で、誰かがぴたりと足を止めた。ただそこにいるだけで皆の注目を集めてしまう崎義一に、ではなく、キョトンとした不思議そうな表情でこちらを見ている男性。――ノーブルな雰囲気の、二枚目である。

梶谷のイケメンセンサーの針が大きく振れたのが、真行寺にもわかった。名刺を取り出す用意をしつつ、

「あの、どこかでお会いしたことがあるような気がするのですが。失礼ですがお名前は？」

イケメンに問いかけた。

「あ、俺は――」

男が言いかけたとき、

「城縞くん！」

託生が走り寄ってきた。「長旅お疲れさま！　って、あれ？　ごめん、会話の邪魔しちゃった？　というか城縞くん、梶谷さんたちと知り合いだった？」

「葉山さん、このたびはお世話になります、よろしくお願いいたします」

諸々をすっ飛ばして、梶谷が託生へ挨拶する。

梶谷と共にペコリと頭を下げた少年に、

「……え？」

託生が絶句した。「……莉央、ちゃん？」

縁の太い伊達《だて》メガネ、長い髪をくるりとまとめ目深に被《かぶ》ったキャップに隠した、スレンダーで少年体型の莉央は、服装によっては男の子のように見える。

「へへへ」

と、莉央が照れ笑いする。「ワガママ言って、梶谷さんに連れて来てもらっちゃいました」

「あ……、あー、そうか……」

託生は狼狽する。そして、「すみません、梶谷さん、ちょっと」

梶谷だけを皆から離れた場所まで誘導して、皆には聞こえないよう声を潜ませ、実は、と話し出した。

「……え？」

梶谷も狼狽する。「本当ですか？」

「はい。でも、梶谷さんのお仕事に影響が出ないのであれば、このままでも」

「……影響」

梶谷は言い淀む。「出るか出ないかは、正直、私にはわかりません。私は一切、あちらには関わっていないので」

――一切。

「あの、莉央ちゃんは知ってるんですか？　汐音さんのこと」

「うっすらとは。ですけど、汐音さんはうちの預かりではありますが、ご存じのとおり、私たちとはまったく関わりがないので、単なる名目上の所属なんです」

「莉央ちゃんと汐音さんが顔を合わせてしまうかも、に、ついては？」

「それは問題ないと思いますよ。別に、ふたりの仲が険悪ということもありませんし、普通に仕事場で、顔を合わせたりしますから」

「同じ事務所のタレント同士としてではなく、ですよね？」

「そうです」

「ぶっちゃけ、汐音さんのコンディションは、相当にナーバスなんです」

「アイドル〝汐音〟としての仕事ではなく、〝倉田汐音〟というひとりの音大生――ピアニストとして、こちらで演奏をするんですよね？」

「はい。ですが、アイドルとしての先輩で音楽シーンでも大活躍している莉央ちゃんは、汐音さんにとって、ものすごく身近なライバルでもあるわけですよね？　なので、真行寺くんや梶谷さんはともかくとして、莉央ちゃんの存在は汐音さんにはプレッシャーになるのかな、と」

「詳しいことはわかりませんが」

梶谷はすっと託生を見上げると、「たとえプレッシャーだとしても、そんなものにいちいち潰《つぶ》されていたら〝表現者〟なんかやってられないですよ？　アイドルだってそうですし、音大生も、そうなんじゃないんですか？」

託生はハッとして、梶谷を見る。

「葉山さんの心配は理解しました。ですけど私は、汐音さんはそんなにヤワではないと思っています。たとえまだ音大生の身でも、ピアニストとしてこの島に来る以上、相当の覚悟を決めているのではないですか？」

「……はい」

参った。

託生は汐音を案じているつもりで、侮っていたのかもしれない。

「ぁあっ！　すみません葉山さん、門外漢が、差し出がましい物言いをしまして」

「いいえ。――いいえ。ありがとうございます、梶谷さん」

夕方には汐音も島を訪れる。莉央は変装までしてお忍びで島を訪れたが、卒業したとはいえいまだアイドルの輝きを燦然《さんぜん》と放っている莉央の正体に、莉央と年の近い子どもたちなどは、あっと言う間に気づくだろう。現に、芸能界にも芸能人にもまったく疎い城縞が、その感受性の鋭さゆえか、莉央になにかを感じて足を止めた（ように、託生には映った）。子どもたちにしてみたら、クラシック音楽のサマーキャンプに参加したら、そこへ莉央と汐音が現れたという前代未聞な展開なのだが、――まあ、いいか。

今更どうにもできないし。

「あの、それと、葉山さん、順序が逆になってしまいましたが、断りもなく莉央を連れてきてしまい申し訳ありません。騒ぎにならないよう、気をつけますので」

「それについては、子どもたちとゲストの対応だけで、スタッフは手一杯なので、莉央ちゃんに特別な対応はできませんけれど、大丈夫ですか？　大丈夫であれば、このままで」

「大丈夫です」

「では、このままで」

「はい。このままで」

託生と梶谷は顔を見合わせ、互いにコクリと頷くと、真行寺たちの元へと戻った。

まるで王子様《プリンス》へ下々の者が列を成し恭しく謁見しているような図。

と、皐月が評した、サマーキャンプ主催者の井上佐智へ、館に到着したゲストが次々に挨拶している様子。しかも井上佐智のやや後ろで厳かな表情で騎士《ナイト》のように控えているのが、ギイこと崎義一である。

「もうもうもう、ふたりが立つ場所だけ異次元よ。高貴の極みの美しさだったわ！一幅の絵画、もしくは映画のワンシーンのよう！　あれでは自《おの》ずと敬意を表したくなるわよね」

挨拶を済ませた皐月の、興奮さめやらぬテンションの高さ。

気持ちはわかる。

類い稀なる才能と美しさ、それだけでなく、長年にわたって後進の（対象が自分とほとんど年齢が変わらない、もしくは年上だった頃から）指導にも心血を注いできた井上佐智に誰より心酔しているのが、託生だ。もちろん彼は、天賦の才能をいかんなく発揮するための努力を惜しまない人でもある。皆の尊敬を集めるのは道理である。

その井上佐智の（生まれ育った国は違うが）幼なじみで、ギイ曰く悪友のふたり。どのあたりが悪い友なのか託生にはさっぱりわからないが、島岡も誰もその表現を否定したことはないので、もしかしたら事実なのかもしれない。加えて、とてつもなく顔の広いギイは、ほとんどのゲスト——音楽家やその関係者たちと、顔見知りであった。

列には梶谷と莉央もいて、ふたりは初めて間近にした井上佐智に、耳たぶまで真っ赤に染めてはにかんだ。クラシック音楽に詳しくなくとも名前だけは知っていた、若き天才バイオリニスト。美男美女で溢れかえる芸能界に長年身を置き、厭《あ》きるほど見慣れているけれども、よもや（天然《ナチユラル》で）これほど人間離れした美しい人がいたとは！という驚き。

挨拶を済ませたゲストたちは、館のスタッフによって、各人に割り当てられた客室へと案内されてゆく。

京古野邸に関しては、働いているスタッフほどではないにしろ、臨時のボランティ

アスタッフよりは遥かに詳しい京古野教授の愛弟子《まなでし》である城縞恭尋は、部屋の確認だけで、スタッフの案内は断った。そして、

「葉山くん、部屋へ行きがてら、少し付き合ってもらいたい所があるんだ」

と、託生を誘った。

勝手知ったる城縞は、広い館内を迷うことなく歩いてゆく。やがて、とある部屋の前で立ち止まる。――楽器の展示室。

「京古野教授から、今だけここに、ストラドが二本、置いてあると聞いて」

城縞は言い、誰もいない室内へ入っていく。

バイオリンを数えるときには〝挺〟を使うが、たとえばオーケストラなどでは〝本〟を使う。この曲ではバイオリンが少なくとも六本（バイオリニスト六人）は欲しいね、などと、数え方として挺と本が入り交じっている。託生はそのあたり、別段、厳密ではないので、

「そうなんだ。それもちゃんと二本ともメンテナンスをしているから、飾りではなく、鳴らすことのできるストラドだよ」

「あ、これか」

城縞がショーケースの中を覗き込む。「うわ、一本はよく見るタイプのバイオリン

だが、もう一本は、縁に沿って一列に青い宝石が嵌《は》められてるのか。スクロールの部分も、ペグにも細かい装飾が入ってる。見事だし、綺麗《きれい》だな」

「だけど鑑賞用に作られたものではなくて、弾けるんだよ」

「さすが、ストラディバリウス」

「だよね！」

「装飾のない方のストラドは、以前に葉山くんが使ってたんだろ？」

「……え？　なんで？」

「なんでって、なんで俺が知ってるかって意味？　ストラドは、高校時代に葉山くんが使っていたバイオリンだと、京古野教授に聞いたことがあるから」

「あ……、うん、それはそうなんだけど……」

「それに、大学の途中で葉山くん、バイオリンを変えただろ？　夏の短期留学を終えてしばらくした頃に、恩師の借り物から、自分で購入したものに」

「よく覚えてたね」

「音がまったく変わったから、印象的だった」

……音がまったく？

「そうだったかな……？」

「新しいバイオリンを弾きこなしていくうちに、それまでのバイオリンの音に似てきたなと感じてたけど、やっぱり、音の芯《しん》の部分がまったく違ってたし」

「……うん」

恩師に借りていたバイオリンの方がランクがいくつも上だったので（価格も断然違う）、テクニックがどうとか弾き込みがどうとかでは越えられない、その楽器が持つ〝音色の壁〟が、どうしてもあった。――ストラディバリウスは比べるまでもない。

「話に聞いていたストラドが今回のサマーキャンプに持ち込まれたと知って、先ずは見てみたかったんだ。高校時代に葉山くん、京古野教授の伴奏で『序奏とロンド・カプリチオーソ』をこのバイオリンで弾いたんだよね」

「……うん」

「せっかくそのバイオリンがここにあるのに、なんで、これで弾かないの？」

「うわ、なんで返しされた」

冗談っぽく流した託生へ、

「これで弾けばいいのに」

にこりともせず、淡々と城縞が言う。

「あー……、弾きたくないわけではないよ、もちろん」

「なにか、こだわりがあるのかい？」

「こだわりって、なんの？」

「このバイオリンを弾きたくない理由？　もしくは、自分が今、使っているバイオリンに対する、なにか？」

城縞は、そこで少し沈黙して、「……一期一会だから、俺は」

と、続けた。

「一期一会って、城縞くんがピアニストだから？」

「そう。出会った先のピアノと、その場で組むしかない。常にパートナーが変わる。臨機応変が求められる。だから、ひとつのバイオリンに執着する感覚は俺にはわからないから、葉山くんに訊いてみた」

「執着ってほどのことは、ないと思うけれど……」

そこまでの強さでは、ない、と、思うが、「このストラドに関しては、ぼくは、借りて、弾いていて、でも、いろいろあって持ち主の元に戻ったんだ」

「ならば、葉山くんには弾かせたくないと、その持ち主が言ってるのか？　なんだっけ、山下さん？」

「山下さん？」

「山下さんだろ？　練習で家を訪ねたとき、表札にそう書いてあったし」

「ああ、あれは……」

「葉山くんがシェアハウスしているあの家の持ち主が、このストラドの持ち主なんだよね？」

「そうなんだけど、そうではなくて……」

　表札が以前の『山下』のままなのは、変えるのが面倒臭いからだとギイは言う。山下さんの持ち物であったあの家の、住み込みの管理人として雇われたギイなのだが、それは単なるきっかけに過ぎず、はっきりと聞いてはいないが、おそらくふたりが同居を始めてすぐにギイが家を買い取っているはずで、表札を変えないのは本当に面倒臭いからかもしれないし、もしかしたら、別の理由があるのかも、しれない。

　城縞が山下家へ練習に訪れたときギイは不在で、さっき港で託生が城縞に話しかけたので、ギイは城縞を認識したが、城縞には、まだギイを紹介していなかった。

「表札は山下だけれど、家の持ち主は、崎、さん、って、いうんだ」

「さき？」

「崎義一」

「さき、ぎいち？　──へえ」

「皆にはギイって呼ばれてる」

「ギイ？　──あれ？」

「そう、サツキちゃんと同じ電動カーに乗ってた」

ギイ、ギイ、と皐月が連呼していたので、城縞の印象にも残ったのだろう。

「ああ！　さっき井上教授の後ろにいた、あの、ＣＧばりにキレイな」

「そう、その人」

「へえぇ……！　あの井上教授と並んでひけを取らないのもすごいし、むしろバランスが良いというか、とんでもない迫力だったというか」

「……うん」

ルックスからして、託生とは、住む世界の違いがある。バックグラウンドは、もう、どうしようもないほど違い過ぎる。それだけでなく、才能も、その他にも。

「高校のときの同級生なんだっけ？　高校の同級生と、今も交流があるどころかシェアハウスするくらい仲が良いって、珍しいよね」

「……そうかも」

「葉山くんが行ってた祠堂学院って、かなりのお坊ちゃん学校なんだよね？　大企業の社長の息子とか、政治家とか医者とか、様々なジャンルの御曹司がいたんだろ？」

「桜ノ宮坂も、御曹司やお嬢様が多かったけどね」

「多かったなあ。庶民は肩身が狭かった」

「ギイは、井上教授の幼なじみなんだ」

「ああ、それで、仲が良さそうだったんだ」

「でも本人は楽器はぜんぜんで。ストラドの持ち主だけど、弾けないし」

「だから、自分では弾けないから、葉山くんに弾いてもらってたってこと？」

「さあ？　わからないけど」

「なのに今は、弾かせてもらえないのかい？」

「ううん、そんなことはないよ？　使っていいって、言われてるよ」

「なら、お言葉に甘えて、使わせてもらえばいいのに」

「でも管理は無理だよ。持ち歩くのも、ぼくには怖い」

破損も、なにより盗難が、怖い。

「……それは、わかる」

城縞は静かに頷いて、「ごめん。俺は、純粋に興味があったんだ。葉山くんが京古野教授のレッスンを受けてたときの音を、聴いてみたいなって」

「たいして上手じゃなかったよ？」

「そういう意味ではなく。——本番は今のバイオリンを弾くとしても、練習のときに、一度でいいからこれを弾いてもらえないかな？」

「……ストラドを？」

今更、ぼくが？

明らかに躊躇う託生へ、城縞は、

「俺の勝手な思い込みかもしれないんだけど、葉山くんの本当の音って、このバイオリンでなければ出せないいんじゃないのかな、と」

「——ぼくの、本当の音？」

「ピアノにも、この曲にはこのメーカーのこの型番のピアノが最も魅力的になる、みたいな組み合わせ？　相性、かな？　そういう、より、映える組み合わせがあるけれど、この曲には、ではなく、演奏のトータルとして、このピアノが、最も自分の理想に近い音が出る、ハンマーの返りとか、ペダルの按排とか、高音の響きとか、そういうものを全部まとめて、引っくるめて、どの曲を弾くにしろ、このピアノがいい、とか、でもそれは人に聴かせる前提の話で、テクニックを磨くためのピアノ選びにはまた別の基準があるんだけど、ごめん、説明が、我ながらすっごくとっちらかってる。ごめん、つまり、まとめると、京古野教授が聴いていた葉山くんの音が、葉山くんの本当の音なのじゃないかと俺は考えていて、だから俺もその音を聴いてみたいとシンプルに思った、ということなんだ」

託生は返答に詰まる。

ギイのストラドを頑《かたく》なに弾こうとしなかったわけではない。たまたま、弾く機会のないままかれこれ十年以上が過ぎているのだ。

「でも、今更、鳴るかなあ……」

なにせ、じゃじゃ馬のようなバイオリンなのだ。

単に音を出すのならともかく、託生の出したい音を素直に出してくれるようなバイオリンではないのだ。

「……とても自信がないよ」

「この二本、キャンプの期間中は希望者に貸し出してるんだろう？　ということは、葉山くんが希望すれば、借りてもかまわないんだよな？」

「理屈としてはそうなんだけど……」

いかんせん託生は主催者側だ。借りる方ではなく、貸し出す方。

「ちなみに、これまでに試奏した人、いた？」

「興味はあるようだけど、いざとなると、皆、腰が引けるというか」

借りているときにうっかり傷でもつけようものなら、弁償なんて、とてもできない。

「せっかくここにあるのに、誰にも弾かれないまま終わるのか。可哀想に」

「……城縞くん」

可哀想って、いや、託生もそれは否定しないけれども。そこを突かれると、切ないキモチになるけれども。

「今日は休日で、終日、子どもたちは出払っているんだよね？　圧倒的に人が少ない今のうちなら、どうかな？」

「どうかなって、……なにが？」

「俺のために、弾いてみてくれないかな」

「本気で言ってる、城縞くん？」

「ああ」

滅多に冗談を言わない城縞。ふざけたりもしない。

「……なんで、ぼくの〝本当の音〟とやらに、そんなに興味があるんだい？」

そこがそもそも、託生にはわからない。

「なんでって……」

城縞は少し、考えて、「俺が、葉山くんのことが好きだからじゃないかな」

と、答えた。

「――はあ!?」

やや圧の強い眼差しで、ギイが託生の顔を覗き込む。

「だから、ぼくも城縞くんのことは好きだよって返したんだ」

あっけらかんと託生が続ける。

「――はい?」

なんだ、その返し。

「城縞くんはぼくにとって貴重な、数少ない友だちだし。嫌いなわけないし」

「……まあな」

持ち込んだふたつのアイスコーヒーを窓際のソファセットのテーブルへそっと置き、手前のソファへドサリと腰を下ろすと足を組み、ギイは午後の予定に合わせて着替えを始めた託生を複雑な心境で眺める。

託生は二言目には友だちの数が少ないと言うが、まったくそのようなことはない。

年齢や立場の差があって友だちとは呼びにくくとも、親しくしている人がけっこういるのだ。いったい誰と比べて少ないと感じているのか。

「そもそも好きだから、恥を忍んで、一緒に演奏するのを引き受けたんだし」

サマージャケットの下に着ていた半袖のTシャツを脱ぐと、託生は着心地が抜群の仕立ての良い綿シャツの長袖へ腕を通した。ギイと同居を始めてから、気づけば託生の持っていた服の半分は、ギイによって勝手に入れ替えられていた。これは入れ替えられたうちの一枚だ。教えてもいないのにサイズがぴったりな上に一度着てみたら手放せなくなった。見た目はなんということのない、普通の長袖シャツなのに。

真夏だが館内にはしっかりと冷房が効いているので、外はともかく、室内にいるのであれば半袖よりは長袖の方が過ごしやすい。

「恥を忍んで引き受けた一番大きな理由は、大学時代、結局は四年間、ずっと伴奏をしてくれたお礼がしたかったからだろ？」

「うん。京古野教授からは多分、後半の二年間に関しては、練習のブレーキになりかねないから伴奏はやめるよう、指導されていたはずなんだ。城縞くん、伴奏するのがいい気分転換になるからって笑ってたけど」

「伴奏者選び、大変なんだって？」

「そう、すっっっごく苦労する。ようやく決まっても、長く続くかはまた別だし。だから、四年間ずっと伴奏を続けてくれた城縞くんに、ぼくは救われたというか、助けられたというか。そのお礼を、いつか、なにかの形でできたらいいなと思ってたんだ。でも、ぼくより遥かに優秀な城縞くんに、ぼくが役に立てるようなことなんかぜんぜんなくて」

「で、託生としては、千載一遇のチャンス到来だったってことか」

「うん」

託生はそっと頷くと、「プロのピアニストとして世界を舞台に活躍している城縞くんと違って、ぼくは、バイオリンはセミリタイア状態だし、並んで演奏できるレベルじゃないのに、大学時代のように一緒に演奏したいと頼まれて、嬉しくなかったといえば嘘になるけど、現実的には無理筋だろう？」

「……ああ」

ギイは正直に頷く。

「みっともない演奏をして自分だけが恥をかくのは、まあ、仕方ないかなと思うけど、城縞くんを巻き添えにするのはできれば避けたかったよ。でも京古野教授の後押しもあってぼくに依頼することになったと聞かされて、本気なんだなとわかったし。本音を言えば断りたかったけれど、悩んだし、迷ったけど、引き受けるべきかもしれないと気持ちが大きく動いたのは、そのときの城縞くんの様子に引っ掛かったからなんだ」

「役に立てるかも、以前に？」

「うん。――城縞くん、崖《がけ》の際まで追い詰められて、今にも転落しそうな、顔をしてた」

「切羽詰まっていたってことか？」

「絶望とか、諦めとか、そんなふうな、空気感があって」

「スランプとか？」

「わからない。演奏の質が落ちてたわけじゃないから、スランプかもしれないし、そうじゃないかもしれない。ただ、もしかしたら城縞くんは、人生最大の危機に面しているのかもしれないな、と、そんな気がしたんだよ。気のせいかもしれないけど」

必死に助けを求められているように、映ったのだ。

「人生最大の危機？　どんな？」

「……さあ？」

「それについて、城縞と話し合う予定は？」

「ないよ」

「訊かなくていいのか？」

「ぼくに話してなくても、京古野教授には相談しているだろうし」

「そうなのか？」

「城縞くん、京古野教授の背中を追いかけてるんだ。それは、ぼくにも、わかるんだ」

託生が弾くストラドの音を聴きたい。——京古野教授が聴いた、音だから。

「人生最大の危機かもしれない城縞に協力するのはやぶさかではないが、その理由については確認しないんだ？」

「だってギイ、ぼくは、ギイにすら訊いてないんだよ？　あ、訊くには訊いたけど、説明されても理解できなかった部分を、ごりごり問い詰めたりしてないだろ？」

「オレのリタイアの理由に関して？」

「そう。だって、もし城縞くんに理由を訊いて、ぼくには到底、受け止められないことだったとしたら、無責任じゃないか。あ、ちょっと違うな。受け止める覚悟もなく理由を訊くのは、無責任だと思うんだ」

「……なるほど」

「城縞くんはギイじゃないし」

するりと続けた託生のセリフに、ギイの耳が瞬時に反応する。

「なに、託生。それ、オレは特別って話？」

託生はハッと、ギイを見て、

「う、まあ、そうですけど……」

どっと赤面した。

「ま、オレにも託生は特別だけどな」

ギイは笑って、ご機嫌にアイスコーヒーを飲む。

「京古野教授と井上教授が編曲してくれたおかげで、ようやく城縞くんが明るい表情でピアノを弾いてくれるようになったから、ぼくもバイオリンを猛練習して、――でも、ぼくに協力できるのはここまでなのかなって」

「ここが限界みたいに言うけど、託生、それ、かなりの貢献度じゃん」

「そんなことないよ」

だって、たぶん、根本的な解決にはなっていない。ほんの、一時しのぎかもしれない。「でも、それでも、ぼくが城縞くんのためにできるのは、ここまでかなって。……歯痒《はがゆ》いけど」

「そうか」

「……うん」

ランチのあとで、午後は城縞と音合わせの練習をする。昼から夕方までプライベートな時間をもらっているので、託生はスタッフの目印としてのサマージャケットを室内のワードローブへ吊るした。イヤホンとマイクは念のため、そのまま身につけていることにする。

託生はギイの向かいのソファに座ると、

「ぼくの分まで、ありがとう、ギイ」

アイスコーヒーを口に運ぶ。

「いえいえ、ついでだからお気になさらず」

ギイもアイスコーヒーをぐびりと飲み、「ところで城縞は、演奏活動をするのにマネージメントはどうしてるんだ？　どこかの芸能事務所に所属してるのか？　それとも、海外のエージェントと個人契約してるのか？」

「え？　……さあ？」

「それで思い出した。カンコちゃん、本気で財前を口説くのか？」

「どうだろう？　財前に集中したくても、莉央ちゃんが一緒だと、かかりきりってわけにはいかないよね」

「意外と緩衝材になるのかもな」

「緩衝材？　って、なんの？」

「莉央とサツキ、年齢が近いだろ？」

「あ。もしかしたら同級生？」

「音楽のジャンルは異なるが、ふたりとも第一線で活躍してる」

「うん、そうだね」

「ふたりとも、十代の過ごし方が特殊」

片やアイドル、片や海外留学。普通の中学高校時代を過ごしていない。

「……確かに」

「カンコちゃんが財前へモーションかけているあいだに、サツキと莉央が仲良くなるかもしれないな、という話」

「――そうか！」

緩衝材。「莉央ちゃんがいることで、間接的にサツキちゃんの財前への当たりが、柔らかくなるかもしれないって意味だよね？」

「カンコちゃん、早速ランチの約束、取り付けてただろ？」

梶谷が、財前と皐月を誘っていた。「しかもカンコちゃん、真行寺によれば初対面の城縞にもロックオンしたみたいだし」

「城縞くんにも!?」

「根っからの仕事人だよなあ」

「事務所のイケメン枠、本気で広げたいんだ、梶谷さん」

「真行寺とは被らないジャンルでな」

ギイが笑う。「俳優は求めてないっぽい」

そこも、さすがだ。

俳優の世界では真行寺だけを育て上げる、その意気込み。

「被らないジャンルとして、イケメンのクラシック音楽家に白羽の矢を？」

「託生は誘われても断れよ？　託生のマネージメントはオレがやるから」

「な、なに、言ってるんだよ、その条件だとぼくが誘われる可能性はないじゃないか」

イケメンにしろ、音楽家にしろ、どちらの条件にも合わない。

「たとえ、誘われても断れよ？　オレがやる」

念入りに繰り返すギイへ、

「……わかった」

なんだかなあ、という表情で、託生はギイを横目で見遣《みや》った。

「冗談はさておき」

「え、冗談だったの？」

真に受けて損した。

「汐音のときのように、マネージメントは、タレントの命運を分けることがあるからなあ」

表沙汰《おもてざた》にはならなかった（させなかった）が、汐音はアイドル生命を断たれそうになったことがある。当時、所属していた芸能事務所の不手際によって。

汐音のピンチを耳にしたギィが、裏から方々へ手を回した。

各方面の協力が得られたおかげで汐音は今も芸能活動を続けていられる。そして、状況が安定するまでの防御策として黒川プロモーションへ一時預かりとなったのだ。

「カンコちゃんだから安心して、オレは財前獲得作戦を観戦していられるよ」

成功しても、失敗に終わっても。「彼女は良いマネージャーだからな」

「……うん」

託生はしみじみと頷いた。

マネージャーの梶谷だけでなく、そもそも社長である黒川が黒川プロモーションを立ち上げたきっかけが莉央のため、だったのだ。飼い殺しに近かった莉央の才能を潰させないために、マネージャーとアイドルとして所属していた大手芸能事務所からふたり揃って退所した。ゼロからのスタートを切ったふたりを追いかけてきたのが、同じく莉央の才能にぞっこん惚れ込んでいた梶谷だ。

真行寺も、ある意味、黒川社長に救われた。ただのアルバイトからスタッフへ、そして俳優になった。その黒川プロモーションだからこそ、ギイは汐音を預けたのだ。

「話は変わるが、で、城縞と合わせるとき、オレの【sub rosa】を弾いてくれるんだよな？」

「……うん」

「当然、オレにも聴かせてくれるんだよな？」

「言うと思った」

「そりゃ、言うだろ」

「前みたいな音は出ないよ？」

「そんなこと、オレ、頼んでないだろ」

「前みたいには、鳴らない」

「別にいいけど」

「良くないよ」

「いいじゃん。オレは託生が弾く、オレの【sub rosa】の音が好きなんだから。っていうか、託生、まさかと思うがオレが最初っから聴いてること、忘れてないか？　託生が【sub rosa】と出会ったときから、オレはずうっと、その音を聴いてるだろ？」

「――あっ！　そうか、忘れてた」

そうでした。「そうだよね、あれ、ギイから渡されたバイオリンだものね」

ストラディバリウスとは知らずに渡されて、最初から充分に鳴らせたわけではないけれど、一瞬にして、その音に魅了された。

「な？　オレにも、聴かせろ」

託生はきゅっと顎《あご》を引き、

「わかった。恥ずかしいけど、いいよ」

と、承知した。


メインダイニングの一角に、待ち合わせたわけではないのに、なんとはなしに皆が集まる。

「ちょっと、いい加減にしてよ、ザイゼンっ」

「サツキさん、俺、なにもしてないですけど」

「なにかにつけてタクミに話しかけるのやめてもらっていい？　私がタクミとゆっくり話せないでしょ！」

「え？　あ、――あれ？」

財前が当惑する。皐月といると緊張しまくりで、無意識に、つい、救いを求めるように託生へ話しかけてしまう。「……すみません」

「サツキちゃん、言い方」

そっと宥《なだ》める託生へ、

「タクミもタクミよ。ザイゼンのどうでもいい話題に、いちいちのっからなくていいから」

「――どうでもいい……」

財前が静かに落ち込んだ。

「どうせ話すなら、もっと生産的な話をすればいいのに。さっきから、天気の話しかしてないじゃない。気象予報士じゃあるまいし」

皐月の言い分に、ギイがぷぷっと噴き出す。

「ねえ？　ね、ヤスヒロもそう思うでしょ？」

「――はい?」

いきなり振られて城縞も当惑する。

託生は咄嗟に城縞を見た。――ヤスヒロ?

「城縞くん、サツキちゃんから〝恭尋〟って呼ばれてるんだ? ……知らなかった」

皐月の方が年下だが、同世代で、同じように新進気鋭のピアニストとして世界のあちらこちらで演奏活動をしているふたり。面識はあるだろうと予想していたが、人付き合いを避けるので有名な城縞が、皐月からはファーストネームで呼ばれる親しさなのか。

「ジョウシマ、より、ヤスヒロ、の方が、呼びやすいそうだ」

城縞が託生へこっそり耳打ちする。

「そんな理由?」

名字ではなく下の名前を呼び捨てにされたからといって必ずしもそれが相手からの親しさを表すバロメーターになるわけではない。ということは、託生も理解している。

外国では下の名前で呼ばれがちだ。

公用語が英語のサマーキャンプでは、子どもたち全員が「下の名前」で呼ばれている。日本では「名字」に〝さん〟付けが一般的なので、初対面でいきなり下の名前を呼ばれると面食らう。順応性の高い子どもたちはすぐに慣れた。そして、世界的な音楽家から、自分たちも「ファーストネーム」で呼んでくれとリクエストされ、最初は遠慮がちだったが、サマーキャンプ中盤となった今では、皆、普通に呼べるようになっていた。

親しくなってから下の名前を、が、日本でのスタンダードだとしたら、ファーストネームを呼ぶことで相手との距離を詰めるのが、海外でのスタンダードなのかもしれない。

アプローチの違い。

託生は日本人なので、海外の人と接していると、ああ、真逆なんだ、と、気づく瞬間がたびたびある。アメリカ人であるギイとの付き合いでそれなりにわかっていたつもりでも、作法の違いにハッとさせられることは、まだまだ多かった。

「そう。そんな理由」

淡々と大きく頷いた城縞は、「ところで葉山くん、練習に入る前に、ピアノ選びに付き合ってもらえないかな？」

と、訊いた。

「もちろんだよ。ランチのあとで、ピアノの案内をするつもりでいたし」

ゲスト全員に配られている、ざっくりとした館内見取り図。ところどころに描かれたチェックマークは、その部屋にピアノが置かれている印で、どのメーカーのピアノか、アップライトなのかグランドなのかも、アルファベットで併記されていた。

ただしピアノはその場から動かさないので、試奏をしてピアノを決めると、もれなく、どの部屋を使うかが決まる。決めたその部屋が、その演奏家の〝演奏会会場〟となるのだ。

様々なメーカーの様々なモデルのピアノ、そして様々な広さの部屋、の組み合わせ。

「ピアノ選び、楽しみだな」

城縞曰く、一期一会の出会い。「こんなにたくさんの中から選べるのは初めてだよ。葉山くんのバイオリンとの相性もあるけど、まずは気に入った音をみつけたいな」

「うん、だよね」

城縞と託生の演奏会は月曜日の夜、明日である。

「それから、演奏会の前に一度は京古野教授に練習を聴いてもらいたいんだけど、今日は出掛けてらっしゃるんだよね？　タイミング的に難しいかな」

「夕方には戻られる予定だよ」

「ならば今夜か、明日の午前中とかかな。——葉山くんのスケジュールは？」

「今夜と明日の午前中は、仕事の予定だったけど、大丈夫、調整する。合わせるよ」

「ありがとう」

城縞はホッとしたように微笑んだ。

「城縞くんでも、不安になる？」

「それは、まあ、編曲されたのは京古野教授だから、自分なりに、自分ひとりで弾き込んだ演奏が正解に近いかどうか、本番前に確かめたいし。アドバイスをもらってもぎりぎりでは対応できないかもしれないから、ある程度のゆとりを持った時間に」

「それで、午前中、か」

なるほど。

海外からここへ直行した城縞とは異なり、託生はずっと日本にいて、サマーキャンプの関係で井上教授も日本にいらしたおかげで、短時間であれ何回か練習をみてもらえた。みてもらえるだけで安心感が断然違う。なので城縞の気持ちはよくわかった。

サマーキャンプのゲストとして城縞に依頼されていたのはもちろんソロの演奏で、託生のバイオリンとジョイントすることになったとはいえ、そして当初の伴奏のままだったとしても、主役はピアノの城縞の方である。

圧倒的な実力の差。――皆が聴きたいと望んでいるのは、城縞のピアノだ。

そして、多忙なスケジュールの合間を縫ってでも、しかもギャラの出ないボランティアであり交通費すら持ち出しなのに、城縞も、サマーキャンプでの演奏を望んだ。演奏をしに訪れるゲスト全員が、この場所に特別な価値を見出《みいだ》している。

お金にはかえられない、なにか。

それを大事にしている人々が、集まっている場所なのである。

「私も午後からピアノを選びたいけど、タクミたちと一緒に回ったら、非効率よね」

皐月がふっとピアニストの顔になる。――ピアノ選びは真剣勝負だ。決めきれずに二択、もしくは三択となったなら、軽く音を鳴らすだけでなく、それぞれを、それなりに弾き込む必要がある。

要するに、時間がかかる。

そしてこのピアノと決めたなら、やはり、それなりに弾き込みたい。――集中して。

そうなると、ひとりが良い。

幸い今は、すべてのピアノが空きである。夕方以降に皆が戻ってきたならばピアノの争奪戦が始まるのかもしれないが。

「そうだサツキ、よければオレがアテンドしようか?」

ギイが申し出る。「練習にスイッチするときには、退散するし」

「いいの、ギイ？」

皐月は喜び、「前以てもらっていた情報から、一応数台に候補は絞れているから、さくさくっと案内してもらっていい？」

「オーケィ」

快諾したギイは、「ついでに、財前を荷物持ちにしたら？」

と皐月にアドバイスした。

「俺が荷物持ち⁉」

不満そうに声を上げつつも、満更でもない表情の財前。鮮烈な皐月の音を間近で聴ける、願ってもない好機である。

曲を奏でる前の、厳かな儀式のような――。

ピアノの椅子に浅く腰掛け、鍵盤に向かう。既にそこから始まっている。

鍵盤に指を置くまでの短い時、無音の中でたゆたって、徐々に周囲の空気を支配してゆく。やがて加速度的に曲へ埋没し、自らが落ちると共に聴衆をぐいと引き込み、もろとも曲の奥深くへズズンと沈んでゆく独特なあの感じ。

それを間近に、自分の肌で感じることができる。

やがて、第一音が打たれる。そこからは皐月の音に、音楽に、どこまでも心を鷲摑《わしづか》みにされ揺さぶられるのだ。

「別に、いいけど？」

と、素っ気なく言いながら、なにげなく皐月は周囲を見回す。「……遅いわね。そろそろ食べ終わってしまうのに」

広いメインダイニングでは、他にもゲストがぽつぽつと、あちらこちらの席でランチを摂《と》っていたのだが、まだ梶谷と莉央の姿はなかった。――真行寺と三洲の姿も。

「サツキ、デザートどうする？」

ギイが訊く。

「食べるに決まってるじゃない」

皐月の即答。

「サツキがデザートをどれにしようか迷ってる間に、カンコちゃんたち来るんじゃないか？」

「ひっどーい、ギイ。いくら私が、デザートとなると選ぶのにものすごく迷って、時間がかかるからって」

「あ、ほら、噂をすれば、だ」

ギイがメインダイニングの入り口を示す。

梶谷と、変装した莉央が、メインダイニングに現れた。

「……ねえギイ、私、あの男の子、どこかで見たことあるような気がするの」

莉央のことだ。

「そうなのか？」

「あの子もシンギョージと同じ、芸能人なのよね？」

「どうかな？」

ギイは笑う。

「絶対に、そう。だって、ものすごく華やかですもの」

皐月の目が莉央を追う。ダイニングにいる人々のうち何人かも、ハッとしたように莉央を目で追っていた。

「やっぱり、隠しきれないか」

キラキラの芸能人オーラは。

「――もしかして、女の子？」

皐月が気づく。

「どうかな？」

そのとき、財前がガタリと派手に音をたてて椅子から立ち上がった。

「り、……莉央ちゃん⁉」

「あ、バレた」

と、ギイ。

「リオちゃん？」

と、皐月。

「りおちゃん？」

と、城縞。「って、誰？」

託生は訊かれて、

「あー……、アーティスト、かな？」

と、答えた。


バイオリンの伴奏をピアノが担うという通常のスタイルではなく、そこを土台としながらもバイオリンとピアノが対等のセッションをする新しい編曲となっている、サン＝サーンス作曲の『序奏とロンド・カプリチオーソ』新生バージョン。

編曲してくれたのは、城縞の恩師の京古野教授と、託生の恩師の井上教授のコンビである。それも、城縞と託生のために。

「葉山くんのいつものバイオリンの音と、この編曲には、ホールCの空間とピアノがベストなのかな。どう思う、葉山くん？」

いつものバイオリンの音。——わざわざそう表現した城縞に他意はない。

まずは、城縞にとって納得のゆくピアノ選びから。ということで、託生が持参しているバイオリンはケースに入ったままである。そのつど各部屋のピアノと合わせていては時間がかかって仕方がないし、それだけでなく、城縞の脳内には託生のバイオリンの音色が正確にインプットされているのだ。城縞の、音を緻密《ちみつ》に聞き分ける耳の良さ（なぜかわかるそうなので、天賦の才能なのだろう）と、音に対する抜群の記憶力が相俟《あいま》って。

ホールCは天井の高さはかなりだが、面積としては小ぶりのホールである。設置されているグランドピアノはファツィオリ。ここ数年で日本国内でもぐんと知名度を上げている、イタリアの若いメーカーである。歴史が浅いからといって侮ってはいけない。クオリティは最高級、価格も、最高級である。

堅実でありながら華やかな音。スタインウェイほど派手に反響せず、ベヒシュタインほど堅牢《けんろう》な音でもない。たとえるならば、太陽の下で燦々と輝くオレンジ、もしくはレモンのような音。というのが託生のファツィオリの印象であった。

「徐々に知られるようになっているが、でもまだ日本国内には数えるほどしかないだろう？」

城縞が訊く。

「うん」

まだ滅多には出会えない。けれど導入しているホールやスタジオは既にいくつもあるので、今は知る人ぞ知る、だろうが、そう遠くないうちに素晴らしさに触れて、皆が知ることになるのだろう。「サマーキャンプのために搬入したうちの、一台だよ」

「誰かの推薦？」

「よくわかったね。推薦というか、リクエスト？　ファツィオリで、ぜひともレッスンをしたいと申し出があって」

「だとしても」

城縞が笑う。「リクエストがあったからって、はいわかりましたと、ふたつ返事でファツィオリを用意するって、相当だよ」

「……確かに」

普通に搬入されていたので託生はそこには引っ掛からなかったのだが、「他にも新しく用意されたピアノが数台あるんだけど、こんな贅沢《ぜいたく》な対応、京古野教授だからできたんだよね」

「さすがにレンタルかな」

「レンタルだと思うけど、どうかなあ。詳しいことは聞いてないけど、もし新規のピアノがすべて購入されていたとしたら——」

いや、さすがに、それはない。……だろう。多分。

とはいえ少し興味が湧いてしまったので、夕方に京古野教授が島へ戻られたら、それとなく訊いてみようかな。

「葉山くんがこの島で京古野教授のレッスンを受けることになったのって、井上教授の指導の一環だったんだよね？」

「まだぼくは高校生だったから、井上教授としてではなかったけどね」

高三の夏休みなので、かれこれ十年以上も前のこと。「あの井上佐智のバイオリンレッスンを再び受けられると張り切っていたら、なぜかピアニストの京古野耀から指導を受けることになったという、わけのわからなさで」

「俺が井上教授からピアノを指導してもらうようなものか。それは、わけがわからない」

「しかも連日」

「連日？　連日にわたって？」

「そう。でも、結果的に、とても、勉強になって」

あれはレアケースだが、「井上教授の目論《もくろ》みは正しかったな、と」

「一時のカンフル剤としてのレッスンならば、効果はありそうだよね」

「うん、そうだと思う」

恒久的なレッスンには適さないけれど。「あの頃はまだ、建物が全体的に薄暗くて、湿り気があったというか、ピアノは既に数台置かれていたけど、潮風による塩害でピアノ線が錆《さ》びそうな、そんな雰囲気で。以前の持ち主の色が濃く残っていたせいか、この館も島も、ちょっとオカルトめいていたよ」

「へえ……」

「って、でも、その翌年には城縞くん、京古野教授の門下生になったから、城縞くんも当時のこの館の雰囲気を、知ってるんだよね？」

「大学に入って最初の夏休みのレッスンで訪れたけど、滞在時間は数時間ほどだったから、そこまでの印象はないんだ。京古野教授が島を持ってらっしゃるってだけで興奮してたし、館の大きさにも度肝を抜かれて。でもなにより憧れのピアニストの自宅に招かれてレッスンを受けさせてもらえるのがとてつもなく光栄で、まさか、自分が、京古野教授の門下生になれるとは夢にも思っていなかったから」

城縞が珍しくも頬を上気させて口早に言う。

──憧れのピアニスト。

「ぼくには、井上教授が憧れのバイオリニストだったから、城縞くんの気持ちはわかる」

「現役の、第一線で大活躍しているプロの演奏家に大学で師事できるなんて、それも大学の授業料だけで四年間も指導してもらえるなんて、恵まれ過ぎてて申し訳なかったよ」

「……それも、わかる」

お金の話は下世話だが、「そもそも、普通だったら、大金を積んでもレッスンしてもらえる保証はないよね」

「ない」

断言した城縞は、「その後は、年に何度か島を訪れて、訪れるたびにどんどん建物も他の施設も近代的になっていく様子は面白かったな」

「日帰りのレッスンだけ？　宿泊したことはなかったのかい？」

「二年生の夏休みに、日帰りではもったいないからと陣内さんが部屋を用意してくれて、それが初めての宿泊だったよ。せっかくいらしたのだから、心ゆくまでピアノを弾いていってはどうですか、と。京古野教授は仕事の関係で翌日から不在だったんだけどね」

「あれ？　じゃあ、乙骨雅彦さんとは、顔を合わせているのかい？」

「見事に避けられていたからなあ。乙骨さん、まるで忍者のようだった。気配を感じて振り返るともういない、みたいな」

「人見知りが激しかったからなあ、雅彦さん」

「……らしいね」

「ぼくたちなんて、泣かれたことがあるし」

「え？」

「ぼくは京古野教授のレッスンを受けるからこの館に泊まりがけだったんだけど、高校の仲間も何人か泊まることになって、そんなこんなで」

「高校の仲間って、もしかして同居の？」

「うん、ギイもだし、他にも——」

祖母が入居した施設へ見舞いに訪れた三洲とその付添いの真行寺に近隣のコンビニでバッタリ出くわし、そんなこんなで、とか、託生たちとは関係なく別件でたまたま島を訪れていた片倉利久《かたくらとしひさ》と岩下政史《いわしたまさし》とか、憧れの建築家ラングが建てたこの館を見せてあげようとギイが招いた赤池章三《しょうぞう》とか、「――何人かいたんだけど、あ、そのうちのふたりが、今回のボランティアスタッフとして参加してるよ」

「へえ……、ふたりも？　崎さ、あ、ギイさ、いや、ギイ、だけでなく、高校の他の仲間とも未だに親交が厚いんだな、葉山くん」

ぎこちない城縞の〝ギイ〟呼びが微笑ましい。

皐月の〝ヤスヒロ〟呼びに倣い、ギイが〝恭尋〟と呼んだので、いきなり距離を詰められて動揺した城縞へ、すかさずギイは、オレのことは〝ギイ〟で、と、いつものように朗らかに強制（？）した。長い付き合いの託生ですら〝城縞くん〟なのに、一足飛びだ。

「んー、言われてみれば……、もしかして、山奥の全寮制の男子校だったからかなあ？」

閉ざされたような空間で、四六時中、共に過ごせば、嫌でも付き合いが密になる。最初のうちは戸惑うばかりであっても、おのおの努力もありいつしか環境に慣れてゆく。大学時代の友人関係が希薄に感じられるほどに。

「全寮制なのか。他人との距離がそこまで近いと、俺は、しんどいだろうな」

「城縞くんだと、そうかもしれない。まあ、意外と慣れるものだけれどね」

託生は笑う。「話を戻すけど、京古野教授はいらっしゃらなかったけど、心ゆくまで館に滞在して、ピアノを弾きまくったんだ？」

「よくメンテナンスされた種類の異なるグランドピアノが何台もあって、真夜中に弾いても、何時間弾いても近所迷惑にならなくて、食事の用意も、掃除も洗濯もしなくてよくて、ライブラリーに行けば古今東西の楽譜や書籍や音源まであって、自由に閲覧や視聴ができるだけでなく楽譜はコピーしてもらえて、あまりに快適で、帰りたくなかった」

城縞も笑う。「ここへ引っ越したかったよ」

「わかる。音大時代ならば、ぼくも引っ越したい」

託生は大きく同意する。

練習に没頭し、楽曲への造詣《ぞうけい》も深めたいのならば、それを誰にも邪魔されず集中して日々を過ごすには、ここに勝る環境はそうそうない。しかも近年では様々な音楽家が来訪し、音楽談義に花も咲く、さながらサロンの様相もある。

「……住めたらいいのにな」

ぽつりと続けた城縞に、託生は僅かに引っ掛かる。

城縞が陥っている、スランプ？　なのか？　正体はわからないが、城縞がなにかしら行き詰まり、苦しんでいるのは託生にもわかった。今回の演奏を通して、城縞がなにかを必死に攫《つか》み取ろうとしていることも。

サマーキャンプでの演奏が脱却の糸口になるといい。

そのための協力は、惜しまない。

「住んじゃえば？」

託生が言うと、

「えっ!?」

城縞は咄嗟に託生を見て、——驚いたように、見て、すぐに視線を外した。「さすがに、それは……」

どうかなと苦笑する。

「何年もここに住み続けた雅彦さんの前例もあることだし、ものは試しで、一度、京古野教授に頼んでみたら？」

敢えて明るく、託生は続ける。「城縞くんの日本での住まいって、賃貸なんだよね？　滅多に帰らないから家賃がもったいないって、前に言ってたよね」

「言ったけど、……いや、でも、さすがに、それは、図々しいよ」

「そうかなあ？　楽器演奏からセミリタイアしているぼくにはこの島の、レベル高く凝縮されたような空間はちょっと息苦しいんだけど、城縞くんは逆だろう？　集中して落ち着いて演奏技術を研鑽《けんさん》するには、刺激が多くて最高の環境だと思うし」

誰よりも城縞にとって、の一言は、託生は口にせずにおいた。

「……最高の環境」

城縞は静かに繰り返す。

「だから、相談だけでもしてみたら？」

大学時代に、愛想がなく滅多に笑わないことで有名だった城縞だが、彼が不機嫌だったことは滅多になかった。笑っていないからといって、機嫌が悪いわけではない。基本的に我慢強い性格なのだろう。加えて、ピアノの上達に向けて努力を惜しまず、生活のすべてを集中させていたので、他の多くは取るに足らないことだったのかもしれない。良くも悪くも他人にはほぼ無関心だった。——冷たいという意味ではなく。

なにより弱音を吐かなかった。辛いことも、絶対にあったはずなのに。

その城縞が、あの日、久しぶりに顔を合わせた井上教授室で、抱え切れぬ辛さを託生の前でぽろりと零《こぼ》した。

――タスケテクレ、ハヤマクン。

消えそうな、けれどあれは空耳なんかではなかった。なにを措《お》いても協力しようと、託生が決意した瞬間でもある。

サプライズとして城縞と託生に贈られた、京古野教授と井上教授が自分たちのためだけに編曲してくれた新生『序奏とロンド・カプリチオーソ』。それを初見で演奏しているうちにみるみる城縞の表情が輝き、やがて楽しそうに笑ったのだ。

その笑顔に託生は感動した。

城縞がそこまで追い詰められるような、果たしてなにがあったのか？　託生が訊いてもよいことなのか？　気掛かりであっても見極めがつかず、その疑問から、託生は曖昧な距離を取っていた。だって、絶対に託生の手に余る。

城縞は、もしかしたら、人生最大の危機を迎えているのかもしれない。

それについて城縞と話をするつもりはないと、ギイに問われて、託生は答えた。託生がしゃしゃり出なくとも、間違いなく城縞は京古野教授に相談している。だからこそサマーキャンプの演奏をすることになり、託生と組むことにもなったのだ。

――けれど。

明日の演奏会が終わってしまったら、城縞とは、次にいつ会えるかわからない。こんなふうにふたりで練習する機会など、二度と訪れないだろう。どんなに城縞のことが気掛かりでも、託生にはおそらく、なにもできない。

いや、今知ったところで、自分にはなにもできないかもしれない。——けれど。訊いたら、話してくれるだろうか。城縞が直面している、おそらく城縞にとって、最も辛い〝現実〟について。

「あ、あのさ、城縞くん——」

ようやく意を決して託生が話しかけたとき、

「おふたりさん、あんまりまったりお喋りしてると、リハーサル時間がなくなるぞ」

よく通る声がホールに響いた。

ハッとして見ると、入り口に【sub rosa】のバイオリンケースを手に提げたギイが立ち、

「サツキもこのホールのファツィオリを狙ってる。夕方には子どもたちが戻ってくるし、京古野さんも戻られる。他の演奏家たちもな。ざわっざわな外野なしで練習がしたいなら、それぞれ持ち時間は一時間だそうだ」

と、ギイの背後からぴょこんと皐月が現れて、

「そうよ、一時間経ったら私にチェンジよ」

人差し指をぴんと立て、すたすたとホールへ入ってきた。


梶谷が財前と熱心に話し込んでいて、その場にいると邪魔になりそうだなと感じた莉央は、九鬼島見学の旅（？）に出た。

まずは手近な中庭から。点々と飾られているユニークなオブジェをのんびり眺めつつ、ぶらぶら散策していると、前方から連れ立って歩いてきたスタッフのジャケットを着てない真行寺と三洲に出会った。

「あ！　莉央サンっ！」

真行寺がきさくに呼びかけて、三洲にシッ！　と、窘められる。「やばっ！　す、すんません、莉央サンっ」

少年ぽく変装している莉央と、まったくなんにもしていないまんまの姿の真行寺。

「……なんか、ヘン」

バレたらまずいんじゃなかったのかな？

熱海の港からクルーザーで一緒に移動した、本日到着したゲストたちはほとんどが海外からの人たちで、日本で活動している莉央に彼らが無反応なのは、まあ、わかる。音楽にかかわっているのは同じでも、クラシック音楽と莉央とは完全に畑違いだ。なにせ日本人でも城縞は莉央を知らなかった。小学校を卒業してからずっと海外留学していたという皐月も、莉央を知らなかった。クルーザーの中で皐月に気づいたゲストたちは瞬く間に彼女を取り囲んだ。なんなら皐月の方がアイドルのようだった。

「ヘンっすか？　そうっすか？」

朗らかに真行寺が訊く。「てか、なにがヘンなんすか、莉央サン？」

「んー……」

莉央はしばし考えて、「ぜんっぜん、世界が違う。莉央、こんなの見たことない」

日本中のどこに行っても、莉央が莉央だとわかると場が騒然とした。女の子のきゃーっという可愛らしい黄色い悲鳴もセットで。

「莉央ちゃん、俺も、初めて尽くしで日々が驚きの連続だよ」

三洲が言う。医師の世界もけっこう独特な世界だと感じているが、クラシック音楽の世界も、けっこうな独特っぷりである。

「三洲さんも？　良かったぁ」

「勝手が違い過ぎて、調子が狂うだろ？」

微笑む三洲に、莉央はこくこくと大きく頷いて、

「来て良かった！　すっごく面白い」

と、目を輝かせる。

「まだゲストの人数が少ないから、これでも味は薄めだよ。夕方以降に、出掛けていた子どもたちや他のゲストや指導する音楽家たちが戻ってきたら、まるっきり異世界になるから」

「そんなに？」

莉央の顔が輝く。「じゃあ、もしかして、莉央も変装しなくて大丈夫？　ここにくるまでぜんぜんバレなかったし、ぜんぜん注目されなかったし、莉央、自分が透明人間になっちゃったのかと焦った」

「……注目はされてましたケドね」

ぽそっと真行寺が呟く。

「でも、認めるのはちょっとしゃくだけど、カネさん、変装なんかしなくてもスタッフに見えるのよね。ずるい」

ずるいと表現されて喜んでいいのかは謎だが、

「だって莉央サン、俺、裏方のキャリア、けっこう長いっすよ？　バイトだったら、とっくにチーフとかやるレベルっすよ？」

自慢げな真行寺へ、

「そのたとえ、よくわからない」

莉央は笑う。

黒川プロモーションの雑用アルバイトとして真行寺が働き始めたのは、真行寺が、通っていた大学で授業中に足に大きなケガをしたのがきっかけだった。救急車で運ばれ緊急手術、そのまま長期の入院へ。退院後も足にギプスを巻いた状態で、しばらく松葉杖《まつばづえ》を突いて歩いていたが、松葉杖を突きながらも動きは敏捷《びんしょう》で、背も高くて、モデル体型で、ハッとするようなイケメンで、なんといっても爽《さわ》やかで、なのに生き生きと日々雑用をこなしているのが、莉央には不思議でならなかった。

リハビリのために半年ほど休学していた大学に復学してからも、真行寺はバイトを続け——。

「三洲さん、本当はカネさんがうちの事務所でアルバイトするの、反対だったんでしょ？」

「藪《やぶ》から棒に懐かしい話をするね、莉央ちゃん」

三洲が面食らう。

「芸能界嫌い、って、聞いてるし」

「嫌いというか……。それこそ、俺にはよくわからない世界だし」

三洲は、ふと、「莉央ちゃんからは、反対しているように見えてたかい？」

と尋ねる。

「ううん、ぜんぜん」

莉央はふるふると首を横に振り、「見えてなかったけれど、いつだったか、カンコちゃんが教えてくれて。カネさんのアルバイトのこと、ギイさんも葉山さんもみんな賛成してたけど、三洲さんだけは快く思ってなかったって。仕事の内容が雑用だからってことじゃなく、アルバイト先が〝芸能事務所〟だったから、って」

「でも莉央サン、バイトのこと、背中を押してくれたのは、アラタさん、なんすよ？」

「そうなの？　なんか、矛盾してない？」

「それはそれ、これはこれ、だろ？」

三洲が言う。「俺が反対しなかったのは、あの頃の真行寺には、黒川プロモーションでのアルバイトが必要だったように感じたからだよ」

「それって、三洲さんの本音は反対だけど、カネさんのためにはアルバイトさせた方がいいって判断したから、本音を隠したってこと？」

「隠したが、無理はしてない」

「ふうん、そうかぁ」

「莉央サン？　なんで今頃、そんな昔の話を？」

「ヒリヒリしてたなあって、あの頃の莉央。絶対に後ろは振り返らないって強く決めて、後ろどころか横も見ないで、とにかく前へ向かってがむしゃらにやってて」

大手の芸能事務所にいて、八方塞《ふさ》がりでじわじわと根腐れしていくような、苦しくてたまらなかった莉央を連れて、黒川は個人事務所を立ち上げてくれたけれど、新たな船出は、決して順風満帆なものではなかったから。

結果が出ない。成果も出ない。どんなに頑張っても空回りしているような虚無感で、以前とは別の辛さを抱えた。

そんな莉央に、真行寺はたいそう不思議な人に映ったのだ。

幼い頃から精進していた剣道の道、治療の限界でどんなにリハビリを重ねても最前線には戻れないかもしれないと医師から宣告を受けていたにもかかわらず、自分こそ体も心も傷ついていたにもかかわらず、松葉杖を突きつつも、いつも真行寺はにこやかで、

「莉央サン、ファイトっす！」

と、莉央を励まし続けてくれた。

少しでも気持ちが弱くなると、途端に、自信のなさで押し潰されそうだったあの頃。

気づくとそばに真行寺がいて、太陽みたいな温かな笑顔で、

「莉央サン、今日のダンスもきれっきれ、したね！」

必ずなにかひとつ、莉央を誉めてくれたのだ。

黒川社長にも梶谷にも、ずっと支えてきてもらったが、真行寺の支えも大きかった。

「自信が持てなくてどうにかなりそうって、苦しくなったことはあったけど、孤独でどうにかなりそうって、そういうの、なかったなあって」

「うわ……っ！　そ、そう言ってもらえて、俺、嬉しいっす」

いきなり真行寺が涙ぐむ。

「はあ？　まさか自分の手柄と勘違いしてるんじゃないだろうな、真行寺？」

「や、ちょびっとは、俺だって貢献してるっすよ、ね、莉央サン？」

「うん、してる」

莉央は大きく頷いた。

「莉央ちゃん、甘やかさなくていいから。すぐに調子に乗るから」

「アラタさんっ！　たまには、素直に俺の手柄も認めてくださいっ」

辛辣な三洲と、甘えたような真行寺のいつものやりとりに、

「ふふふ」

と、笑った莉央は、「クラシック音楽の人たちって、莉央たちみたいにチームで動いてないいんだなって。それが意外だったの」

「あ、確かに。こっちの世界では先ず、芸能事務所ありき、っすもんね」

「財前さんもどこの事務所にも入ってないし、葉山さんも入ってないし」

「……言われてみれば、葉山サン、単品っすね」

それだけでなく、「俺が芸能事務所に所属したときも、葉山サン、俺におめでとうって祝ってくれたっすけど、真行寺だけ芸能事務所に所属できて羨ましいとかそういうの、カケラもなかったっす。そうか、クラシックの人には、そもそもそういう発想がなかったんすね」

「財前さん、これまで全部、自分で決めて、全部自分でやってきたんでしょ？　たったひとりきりで。クラシックの音楽家って、日本なんか比べ物にならないくらいたくさんのライバルがひしめきあってるヨーロッパとかに、ひとりで乗り込んでいくのよね？　現地のお作法がわからなくても、ひとりでどうにかしないといけないのよね？

心細くないのかなあ？　それに、どうやってお仕事を獲得するんだろう」

「さあ……？」

真行寺には、さっぱりわからない。「改めて言葉にされると、きつそうっすね」

「でしょう？　莉央は、どんなにしんどいときでもチームに支えられて乗り越えてこられたけど、クラシックの人たちは、そういうとき、どうやってるのかなあ？　って」

「じゃあ、もし財前さんがうちの事務所の所属になったら、孤独な闘いを強いられていた財前さんにもついにチームメイトができるってことっすね」

「そうなんだけど……」

莉央はちいさく息を吐くと、「カンコちゃん、本当に、スカウトするのかなあ？」

呟くように言う。

「あれ、もしかして莉央サン、あんま、乗り気でない？」

「だって、ずーっと莉央とカネさんのふたり体制だったでしょ？」

「あー、そっすね」

三人目の汐音の存在は、莉央と真行寺には、いないに等しい。――梶谷にもだ。

「カネさんは、アルバイトからのスライドだったし、モデルとして活動を始めても、莉央に対してしばらくはそれまでと変わらないスタンスでいてくれたから、カンコちゃんを取られちゃったとは思わずに済んだし」

スタッフからタレント側へとスライドしても、真行寺が黒川プロモーションでアルバイトをしてみたいと思ったきっかけのひとつである、莉央をサポートする！　に、変化はなかった。

それは今も続いている。

頑張る莉央を応援したい。状況が変わり、表立ってできなくなっても、心の中ではいつだって応援しているのだ。

が、しかし。

「と、取られちゃった……？」

梶谷の莉央に対する溺愛《できあい》っぷりをことあるごとに見せつけられている真行寺としては、そんなふうに思われていたとは、ショックである。

「やだカネさん、そこは軽く流してよ。だから、思わずに済んだって話なの」

「あれっすか、ということは、今度は俺が、財前さんにカンコちゃんを取られた気分を味わうという……？」

「もしそうなったとしたら、マネージャーはカンコちゃんのままだとしても、カネさん、付き人つけなきゃだよ？　島までくる間にカンコちゃんから聞いたけど、ＣＭ効果で、カネさん、お仕事の依頼どんどんきてるんだって」

「へ？　そうなんすか？」

「カネさん、まだカンコちゃんとゆっくり話せてないものね。カネさん、舞台のお芝居がメインだったけど、これからはテレビのドラマに出ることになるかもよ？」

「……そうなんすか？」

　実感が湧かない。「島にきてから、テレビもっすけど、ネットもあんま、ゆっくり見てられなくて、ちょっと浦島《うらしま》気味なんで」

「芸能界嫌いの三洲さんに愛想を尽かされない程度に頑張ってね、カネさん」

　莉央がからかう。

　真行寺は咄嗟に三洲を見て、

「愛想尽かされたくないっす！　俺、どうしたらいいっすか、アラタさんっ」

　ひしと三洲に抱きついた。


「託生、まずはどっちから弾く？」

うきうきとした様子でギイが訊く。

ギイのストラドか、託生のバイオリンか。

会場はホールCと決めて、いよいよのリハーサルである。

「すっごい、緊張するんですけど……」

思い返せば高三の夏休み明けの九月、二学期が始まってから校内でやや物騒なことがあり、ギイから借りていたストラドを、託生は一旦ギイへ戻した。意味合いとしては、日々の管理をギイに託す、として。

学生寮のギイの部屋（個室）にストラドを置かせてもらう。練習するときにはギイの部屋まで取りに行く。

高価であるだけでなく、二度と作りえぬ歴史的名器。トラブル回避のため、不測の事態を見越した安全策のはずだった。――よもやそれ以降、十年以上の永き別れになるとは。

ある日を境に忽然《こつぜん》と祠堂学院から姿を消してしまったギイと、ストラド。

今は懐かしい思い出話になっているが、託生にとって、それは大きな転機となったのだ。ギイとの関係も、バイオリンに関しても、どこか受け身でいた自分を後悔した。

ギイが愛しいのは自分なのに。バイオリンを弾きたいのは自分なのに。誰かを、なにかを、あてにしたり、待ちの姿勢でいたりと、無意識に甘えていたから大事なものが見えなかったのだ。同じ失うにしても、最も手痛い形で失うことになったのだ。

その託生が、ギイを取り戻し、自分のバイオリンを手に入れた。ストラドの足元にも及ばないバイオリンだったとしても、託生にはなにより大事な楽器である。

だから、繰り返すが【sub rosa】を弾きたくなかったわけではない。

ようやくの再会、だけれども、疎遠でいた時間が長すぎて、いざとなると腰が引ける。

「もちろん、ストラドからだよね」

期待に満ちた城縞の顔。

「ストラドよね、タクミ」

ちゃっかりと便乗している皐月。

三方から取り囲まれてしまった託生に出口なし。

「……わかりました」

ああ、緊張する。

よくぞ高校生の頃の自分は普通に【sub rosa】を弾いていたものだ。ストラディバリウスがとてつもないバイオリンであることはもちろん知っていたけれど、その知識レベルが、所詮は高校生だった。しかも、バイオリンケースの中にいくつもストックされていた替えの弦を当たり前のように使っていたが、今にして思えばストラドに相応しいハイクオリティ（金額もだ）の品だったし、顎当ても桁がひとつ違っていたし、なにより弓が、高級な自動車がぽんと買えるグレードのもので——。

世間知らずって、恐ろしい。そして、強い。

「鑑定士とかがはめてる、白い手袋とか、したい」

これがストラドとギイに知らされ、あのときだって緊張した。が、あのときと、今とでは、託生が成長した分だけ、プレッシャーが大きい。

「手袋してたら弾けないだろ」

ギイが噴き出す。「まあ、気持ちはありがたく受け取っておくよ」

三人にじっと見詰められながら【sub rosa】をケースから取り出した。サマーキャンプが始まっても誰も試奏を希望しなかったので、せっかく責任者にと任命を受けたのだが、託生はアドバイスどころか、まだ楽器に触ってもいなかった。

手のひらに受けた、バイオリンの重さ。——その驚くような軽さ。素晴らしく乾燥された木材の様子、ボディに塗られた深く飴色《あめいろ》に輝くニス。

なにもかもが懐かしい。

弓を張り、四つのペグを回して弦の音程を合わせる。離れていた間にもきちんとメンテナンスされていた【sub rosa】の変わらぬ響きに、託生はストンと高校生の頃へタイムスリップした気がした。

——懐かしい。

言葉ではとても表現しきれない魅惑の音だ。聴衆よりも誰よりも弾く人をこそ、どこまでも魅了してしまう魔のバイオリン。

「……ぜんぜん違うんだな」

城縞が呟く。これまでに耳にした、脳内にストックされている託生の音の、どれとも違う。

もっと鮮烈で、もっと扇情的だ。

これが、京古野教授が聴いていた葉山託生の音——。

「ギイが、葉山くんに、あのストラドを弾かせたがっていた気持ちが、なんとなく、わかります」

「だろう？」

絶世の美男子がにやりと笑う。それもまた、扇情的な笑みだと感じる。

「マンハッタンの留学のとき、タクミ、あのバイオリンを弾いてくれたら良かったのに」

　託生の演奏スタイルにとてもよく似合っている音。あのときのバイオリンでも充分に皐月と切磋琢磨できたのだが、【sub rosa】は、もうひとまわり音が響く。そして、芯が粘り強い。

「……一期一会の惨《むご》さをたまに噛《か》み締めることがあるけれど、パートナーとして常に共にあらねばならぬ惨さも、あるんだな」

　金額だけでなく、そもそもの出会いの〝有る〟〝無し〟で、たとえそれが自分の力量を存分に発揮するに至らぬ楽器《バイオリン》であろうとも、城縞たちピアニストの苦労とは真逆の質の、はい次、とは簡単に替えられないパートナー。

「だからバイオリニストは皆、必死に、よりよいバイオリンを追い求めているのね」

　道理でストラドが垂涎の的となるわけだ。「こんなに違うなんて……！」

　指ならしの小曲を弾き終えて、託生が大きく息を吐く。

「あー……、疲れた」

　十代の頃にはここまでしんどくはなかったけれど、【sub rosa】を弾くと、いろんなものがごっそりと持っていかれる。久しぶりに味わった疲労感。

　その託生へ、ギイと城縞と皐月が惜しみない拍手を送った。

「……えっ、なに？」

託生が反射的に身構える。「やめてくれよ、なにも出ないよ？」

「できればその音と、サン＝サーンスを弾きたいな」

城縞が言う。

「無理だよ、序奏の部分はともかくとして、ロンド・カプリチオーソの部分は二分くらいしか保たないよ」

じゃじゃ馬を御するのに、体力もだが注意力がガッと削《そ》がれる。通常以上にコントロールが必要になるのだ。「久しぶりに弾いてみて、こっちがバイオリンに振りまわされる感覚を、思い出したよ」

「うーん、でももし【sub rosa】でいくなら、ピアノはベヒシュタインの硬い音の方が対比が際立ってむしろ良いかもしれないな。ファツィオリだと調和しすぎるような……。今回はソリストと伴奏ではなく、ふたりとも主役だから」

「城縞くん？　ぼくの話、聞いてる？」

「あ、サツキもそう思うわ！　【sub rosa】の粘りのある音色が、ファツィオリとは少しミスマッチかもね」

「だから、本番でストラドは弾かないと――」

「なあ託生、本番は明日の夜なんだし、まだ丸一日あるんだから、今夜から明日の夜までスタッフ業は休みにさせてもらって、弾きこんでみれば？」

「ギイまで！　だから——」

「もう二度とできないかもしれないし」

城縞が託生を見る。「葉山くんと、対等の形で音楽を奏でることは」

「……城縞くん」

それは、そうだが、「いや、でもね」

バイオリンのコンクールが、もしピアノのコンクールのように、会場の楽器の中からひとつ選んで本番を、などとなったとしたら、大変なことである。出合い頭のバイオリンを咄嗟に自分のパートナーの如く弾きこなす、そのような訓練は受けていない。

バイオリンのコンクールそのものとしては、同じ楽器で演奏を聴き比べた方が（楽器の上げ底がない状態で、という意味で）公正なのかもしれないが、現実として、不可能である。

なぜならば、バイオリンはピアノより遥かに壊れやすくデリケートな楽器なので。奏者が入れかわり立ちかわりなどと、そんな荒業には耐えられない。

「わかった。ならば託生、指ならしのお遊びとして、託生の【sub rosa】と恭尋のべヒシュタインとで、一度、弾いてみてくれよ」

「……指ならしのお遊び？」

なんと便利な表現だ。

「完璧な演奏を望んでるわけじゃないよ。ただその組み合わせで聴いてみたいだけだ」

「無様でも、笑わない？」

「絶対に、笑わない」

ギイが真顔で断言する。

「……わかった」

託生は降参した。……やれやれだ。

「ヤスヒロって、鉄仮面みたいに無表情だと思ってたけど、友だちの前だと表情があるのね」

ファツィオリの鍵盤の蓋《ふた》を閉めている城縞へ、皐月が素朴な感想を述べる。

「――鉄仮面？　そうだった！　サツキ、ピアノの順番が空いたから、次はきみがここで練習をするんだよね？　蓋を閉めたりして失礼したね」

言いながら、城縞が鍵盤の蓋を開けようとする。

「Stop!!　待って！　ヤスヒロ、からかってごめんなさい」

大慌ての皐月に、城縞が笑う。

「冗談だよ。気分を害したり、してないよ」

「良かったあ。——え。冗談？　ヤスヒロが？　冗談？」

皐月が目を丸くする。「真夏だけど、雪でも降るんじゃない？」

「その言い様はさすがにひどいな、サツキ」

ははと屈託なく笑う城縞の様子に、託生まで楽しくなる。

「……良かったなあ」

せめてこの島にいる間は、サマーキャンプの間だけは、城縞が抱えているなにがしかの辛さが、忘れられているといい。

「葉山くん、ベヒシュタインの設置されてる部屋は、どこだったっけ？」

と、城縞に訊かれ、自分のバイオリンはケースごとギイに預かってもらい、弾いたばかりの剝《む》き出しの【sub rosa】を胸に抱えるようにして大事に持っていた託生は、館内見取り図をポケットから取り出すまでもなく、

「西の端にある、ホールDだよ」

と答えた。

天井は高いものの、ホールCよりひとまわり小さい部屋だ。

「ああ、あそこか。音が上に抜け過ぎるのが気になった」

「気になるよね。急いで反響板の手配をするよ」

託生は身につけていたマイクのスイッチを入れ、スタッフへ連絡を入れる。そして、

「城縞くん、ホールDで決定なら、今すぐ準備を始めるって」

向こうからの確認を伝えた。

「反響板の具合によっては、ストラドでなくてもそこにするかも」

「わかった」

託生は頷き、マイクからその旨を伝える。「十五分くらいで組めるって」

「十五分で？　手際が良い！」

また城縞が笑う。

「なら、のんびりと移動しましょうか？」

皐月が歩調を緩める。

ホテル並の京古野邸の館内は、細長い東の端から西の端まで移動するのに数分かかる。普通に歩いてさすがに十五分はかからないが、散歩がてらの移動ならば時間は多少稼げるだろう。

「……それにしても、ここが個人の館とは信じられないわ。ヨーロッパ貴族が建てた

古城のようよね」


出所の不確かな莫大な資産により建てられた館、加えて、島全体が要塞《ようさい》のような。

それについて、ギイは特にコメントはしない。この島を遺産として受け継ぐ権利を持つ血縁者が、判明している限りふたりいるが、どちらもここを所有したいとは望んでいないだろう。むしろ血なまぐさい過去もろとも忘れ去られるべき、と、考えている、かもしれない。

なにより、九鬼島をここまで発展させた今の持ち主、京古野耀が、この島の主として誰よりも相応しい。この世で一番この島を大事にしているのが彼であり、この島で命を奪われた者たちの無念を悼み、鎮魂を祈っているのも彼だからだ。

「そうだ、今のうちにメールのチェックしちゃおうっと」

皐月がスマホを操作する。音を鳴らしているときには邪魔をされたくないのでサイレント設定にしている。

皐月につられて、城縞もなんとはなしに、自分のスマホをチェックした。そして、

「――――？」

と、動きが固まる。

同じくサイレント設定にしていた城縞のスマホに、メールではなく、留守録のメッ

セージが残されていた。スマホを耳に当て再生されたメッセージを聞いていた城縞の表情が、みるみる暗く沈んでいったのだった。

荷解《にほど》きしたばかりの部屋の荷物を淡々と大型のスーツケースへ詰めてゆく。

「あまりにひど過ぎない？　どうして、エージェントの言いなりなのよ、ヤスヒロ？」

憤慨しているのは皐月である。

「仕方ないよ。急な仕事が入ってしまったんだから」

城縞の返答へ、

「入ってしまったんじゃなくて、エージェントが、ヤスヒロの意向を確かめもせず勝手に入れたんでしょ？　横暴よ、こんなの」

「エージェントに、そこまでの権利があるんですか？」

財前が引き気味に言う。

「ヤスヒロとそういう契約をしていればね」

「でも、だからって、言いなりって、奴隷みたいじゃないですか」

ぽそりと感想を洩らしたのは莉央。「そんな契約、無効なんじゃないんですか?」

——奴隷。

一瞬、城縞の手が止まった。

英語が堪能というわけではない。契約に際しては、慎重に進めたつもりだ。海外で演奏活動をするにあたり、事務所に所属していない城縞にはエージェントの存在が欠かせなかった。海外での事務処理ひとつとっても城縞には限界がある。契約が締結された途端に、飽くまで契約書に書かれた範囲だが、エージェントは躊躇なく自分の方針をぶつけてきた。仕事を取ってくるだけでなく、ついには城縞の演奏にまで口を出すようになっていた。

だが、契約書にサインしたのは自分だ。

あと半年我慢すれば契約更新のタイミングで切ることができる。現在だと、莫大な違約金を払うことになる。それもまた、契約書に書かれていた。

「それにしたって、明日の夜までにロンドンって」

皐月の憤りは治まらない。「だってヤスヒロ、ボストンでの演奏会を終えて今朝、日本へ着いたばかりじゃない」

日本で一泊してすぐにロンドンへ、などと、まるでトランジットのようだった。

明日の夜のロンドンでのコンサート、主催はとある貴族で、ずらりと豪華な出演者が予定されていた。そのうちのひとり、高名なピアニストが体調を崩し急遽入院となり、代理として城縞へ白羽の矢が立ったのだ。本来はたいそう名誉なことである。

今日の今日でその空席をどこからか聞き付け、即座に売り込みをし、見事にその座をゲットしたのだからエージェントは辣腕なのである。優秀なエージェントなのだ。

「カンコちゃんが聞いたら激怒しそう。ううん、絶対に激怒するわ」

莉央は焦《じ》れ焦《じ》れとして、「もう、カンコちゃんたら、肝心なときにどこへ行っちゃったんだろう。カンコちゃんに力を貸してもらいたいのに」

「エージェントが勝手に決めたとはいえ、演奏しないわけにはいかないんですよね」

財前が遠慮がちに訊く。

「出演料を前払いで受け取ってしまったそうですから」

城縞が返す。

「そのエージェント、そこから何十パーセント取ってくの？」

一方、皐月の質問は遠慮なしだ。

「契約書には三十パーセントと書かれているよ」

「それ、信じてるの、ヤスヒロ？」

「……一応は」

「私、既に不信感でいっぱいよ」

「お金に関しては、エージェントにすべて任せているから」

そのためのエージェントなのだ。その他の雑事に捉《とら》われず演奏に集中したいからこそ、エージェントを雇ったのだから。よもや、こんなふうにがんじがらめに、自分が縛られるとは予想だにしなかった。

「タクミとギイは？　ヤスヒロの大ピンチになにしてるの？　スタッフの仕事なんてしている場合？」

夕方以降、子どもたちやゲストが続々と戻ってくる。出迎えやその他もろもろ、仕事をしないわけにはいかない。休日を過ごしたボランティアスタッフも戻ってくるが、彼らも明日の朝まで休みである、今夜は出迎えられる側だ。

「大ピンチは大袈裟だよ、サツキ。それに葉山くんには、俺こそ迷惑をかけてしまった。一方的に振り回してしまって、申し訳なく思ってる」

「そこは気にしなくていいわ。タクミはもっと、四の五の言わずに、バイオリニストとしての自分を大切にすべきなんだから」

城縞がきっかけで、短い期間なれど託生は真剣にバイオリンと向き合った。しかも、あんなに渋っていた【sub rosa】まで弾いたのだ。「ヤスヒロのおかげよ、ありがとう！」

「いや……」

城縞は曖昧に首を横に振る。そして、スーツケースを引きながら客室のドアを開ける。

「ヤスヒロさん、本当に、ロンドンへ行っちゃうんですか？」

莉央が廊下を小走りに駆け寄りながら、心配そうに食い下がる。少年のような華奢な少女。年齢は皐月と同じなので、少女ではなくレディである。

「……初対面なのに、親身に心配してくれて、ありがとうございます」

アイドルには疎くて、莉央のことは知らなかった。だがざっとネット検索しただけで、ある程度の経歴はわかる。莉央もまた、……こんなに若くして、マネージメントで苦労している。いや、苦労していた。もっとずっと若い、――幼い、少女の頃に。

それを思えば、今年で三十を迎える自分が挫けてなどいられない。

あと半年。――この半年間を、乗り切れば良いだけだ。

ロビーへ下りると、多くの人々でガヤガヤと賑《にぎ》わっていた。

「城縞さん！」

目敏《めざと》く声をかけてきたのは、京古野邸ハウス・スチュワードの陣内だ。「大丈夫ですか？」

そっと、心配してくれる。

「はい。大丈夫です」

陣内に心配をかけまいと笑おうとしたが、うまくいかなかった。

「つい今し方、京古野も戻ってきました。そろそろ電動カーが玄関に着く頃です」

「では、挨拶させていただいてから、空港へ向かいます」

「わかりました」

頷いて、「せっかく、いらしてくださったのに、残念です。久しぶりに城縞さんのピアノをゆっくり聴かせていただけると、スタッフ共々楽しみにしていたのですが」

「……はい」

陣内の言葉が胸に沁《し》みる。学生時代から折に触れて世話になり、これが単なる社交辞令ではないとわかっているから。

大勢の人が部屋に行かず、ロビーでたむろしている理由が、

「京古野先生、今夜の特別ゲストのご自宅まで、わざわざお迎えに行ってらしたんですって」

「えっ、わざわざ自宅まで？　うわ、どんなスペシャルなゲストなんだろう」

期待に満ちた子どもたちの会話が城縞の耳を掠《かす》める。

京古野教授が迎えに行くほどの特別ゲスト？　この時間に戻れるということは、相手は日本国内に住んでいるはずで。だが、城縞にはまったく思い当たらなかった。

やがて玄関前が一際ざわつく。出迎えた井上教授に先導されるようにして、京古野がひとりの老婦人を館内へエスコートしてきた。

「……あのおばあさん、誰？」

「……わかんない」

別の意味で子どもたちがざわつく。そして、

「きゃっ、あれ、一緒にいるの汐音ちゃんじゃない？」

「ホントだ！　シオンちゃんだ！　うっそ、どうして？」

また別の意味で、子どもたちがざわつく。

「特別ゲストってシオンちゃん？　すっごーい」

「でも京古野先生と腕を組んで入ってきたのは、あのおばあちゃんの方よ？」

城縞はスーツケースを引くのも忘れ、その場で茫然《ぼうぜん》としていた。

「……城縞さん？」

心配そうに陣内が声をかける。

と、ふと、老婦人と城縞の目が合った。途端に、ふわりと微笑まれる。

城縞は、無意識に歩きだした。人を掻《か》き分け、老婦人へと。

「……！　じょ、城縞さんだっ、本当にいらしてたんだ」

「うわぁ、実物、かっこいい」

女の子たちが熱い視線を向ける。

「明日の夜、演奏してくれるんだよね。楽しみだなあ」

「じゃあ、今夜はシオンちゃんのピアノが聴けて、明日は城縞さん？　最高だねっ」

わくわくと期待に満ちた子どもたちの間を擦り抜け、城縞はまっすぐに老婦人の前へ。

「ご無沙汰しています、真鍋先生。いえ、真鍋教授」

城縞は深く頭を下げる。

「お久しぶりですね、恭尋さん。ご活躍、頼もしく感じていますよ」

「……はい」

ちいさく頷いたきり、城縞はなにも言えなくなった。

その城縞の手を、真鍋教授がそっと手に取り、両手で包むようにして、

「爪を短く切り過ぎる癖は直りましたか？」

と、訊いた。

城縞は黙って首を横に振る。ほんの僅かにでも鍵盤に爪のあたる音がするのが嫌で、どうしても、限界ぎりぎりにまで爪を短く切りたくなる。たとえ、弾いている最中に生爪が剝がれ、指先から血が滲もうとも。

包まれた手が温かい。

「……ひろこ先生」

一瞬にして、子どもの頃へ時間が戻る。

発表会で舞台へ上がる直前に、緊張して氷のように冷たくなった手を、ひろこ先生はいつも両手で包んで温めてくれた。

「ミスタッチしても、大丈夫。そんなことは些細なことなの。恭尋さんの表現したい音楽を、思いきり、弾いてくるのよ」

そう言って、穏やかに微笑んで、幼い日の城縞を舞台へ送り出してくれた。

ヤスヒロ、その演奏はキミらしくないね。

――は？　自分らしい演奏ってなんだ？

オカシナ捻《ひね》りは不要だよ。オーディエンス（聴衆）が望んでいるのはそういうことじゃない。キミは、キミらしい演奏を、ね。

――だから、らしい演奏って、なんなんだよ！

いかにも理解者のようにしたり顔で言うが、お前になにがわかるんだ!?

喉元まで溢れそうになっている焼けるような怒り。

城縞は俯き、崩れるように床へ膝をついた。

行きたくない。

ここにいたい。

ここで、思う存分、葉山託生と演奏がしたい。自分が心から楽しいと感じられる音楽を、奏でたいのだ。

葉山託生と仕上げた新生『序奏とロンド・カプリチオーソ』を、サン＝サーンスが、尊敬するサラサーテへ献呈したように、京古野教授と井上教授へ捧《ささ》げたい。

そのためにスケジュールの調整に調整を重ねて、どうにかここへ来たのに。

「恭尋さん」

真鍋教授は、すっとその場へしゃがむと、――子どもの頃、城縞の目線にすっと合わせてくれたように、「京古野教授のご厚意で、今夜の演奏のあとで、数日こちらに滞在させていただくことになったのよ。おかげで、明日の夜の恭尋さんの演奏も、聴くことができるのよ」

嬉しそうに城縞へ告げた。

城縞は顔を上げられない。

願ってもない機会なのに、ひろこ先生に聴いてもらいたいのに、自分は今すぐロンドンへ向かわねばならないのだ。

そのとき、

「お話し中、申し訳ありません」

託生がふたりの脇へ同じようにしゃがみ、「城縞くん、実は、船が出せなくなったんだ。夕方から強くなってきた風のせいで波がとても高くなってきて、船を出すのは危険と船長たちが判断したんだよ」

驚いた城縞が顔を上げる。

「いや、だが、行かないと……！」

咄嗟に立ち上がろうとした城縞の手を、思いの外、強く、真鍋教授が引き留めた。

「恭尋さん」

真鍋教授は城縞の目をしっかりと捉え、「どんなに追い詰められても、選択を間違えてはいけません」

ゆっくりと諭した。

「……選択？」

「そうです。演奏会より、あなたの命の方が大事なのよ」

――命。

自分の、命？

「……ですが」

反論しようとした声が震える。

キャンセルを埋めるため急遽代理として演奏することになった城縞へ、破格の出演料が支払われた、らしい。そして、もし出演できなかった場合の違約金が、破格の出演料以上の、とてつもない金額だそうだ。

もう金はもらっている。なんとしてもロンドンへ行け。行って、ピアノを弾いてこい。

行かなければ、違約金を支払うだけでは済まないだろう。無責任に仕事を受けたと、最悪の形で穴を空けたと、城縞はプロのピアニストとしての信用を失うことになる。

「あ、はい」

託生がワイヤレスのイヤホンを、くっと耳に押し当てる。周囲の騒音が少しでも耳に入ってこないように。

やがてマイクへと、

「はい、わかりました。伝えます」

返事をしてから、真鍋教授と城縞を視線で促し、三人は立ち上がった。

託生は、心配そうにこちらを見ている京古野へ目で合図を送ってから、

「さすがにこのままでは注目を集め過ぎなので、ひとまず、場所を変えませんか？」

ふたりへ提案した。

「いや、だが、葉山くん――」

「城縞くん。船は、出ないから」

強めに繰り返した託生と、城縞との間へ、

「なんだったら、飛行機も飛ばさないぞ」

割って入ってギイが笑う。

「――え？」

城縞はぎょっとしてギイを見る。――今のは果たして冗談なのか？

ギイの手には、城縞の大型のスーツケースが。

「恭尋も、真鍋博子のピアノ演奏が聴きたいだろ？」

聴きたい。

「……聴きたいです、ひろこ先生」

言うと、真鍋教授は嬉しそうににっこりと笑った。


真鍋教授が、桜ノ宮坂音楽大学で教授としてレッスンを行うようになったのは、託生や城縞たちが卒業してから数年後のことで、レッスンも自宅で行うことが多いので、大学で真鍋教授と会える機会は滅多になかった。

幼い頃から高校まで城縞が個人レッスンを受けていたのが、正統派のピアノを教えることに定評のある真鍋博子先生だった。

プロのピアニストとしての演奏活動は縮小傾向にあれど、積極的にクラシック音楽界の情勢の変化を受け入れ、レッスンにも反映させていた。たとえば、皐月のようにゆくゆくはショパンコンクールを狙うのならば練習する楽譜はエキエル版に、独特な音の配置や奏法もあり、それに慣れておくべきとしている。なぜならばコンクールの公式がエキエル版（ナショナルエディション）を推奨楽譜に認定したからだ。もちろん他の版で弾いてはいけないということではないが、熾烈《しれつ》なコンクールを勝ち抜くためには、少しでも〝勝ち〟に有利に進めるべきである。

と、いうように。

真鍋教授と汐音が会場でのリハーサルを行う時間になったので、城縞はロビーに一番近いサロンへ案内された。そこには城縞を心配して、皐月と財前、まだ子どもたちには正体がバレていない莉央と託生とギイが同席していた。

「さて、恭尋、そろそろ腹を括《くく》らないとな」

ギイが決断を迫る。「エージェントに電話して、現状を説明し、コンサートには間に合わないことを先ず、伝える」

「……先ず？」

「次に、エージェント契約の打ち切りを伝える」

「……え？」

「昼間に話してくれたロンドンでのコンサート、ちらっと調べてみたら、主催が真鍋教授の知り合いだったんだ」

「えっ!?」

「往年の名ピアニストはさすがだよな、人脈も素晴らしい」

ロビーにて、クチバシの黄色いひよっ子たちに、どこのおばあちゃんピアニスト？くすくす、などと、まがりなりにもピアニストを目指すのであれば世間知らずも甚だしいとがっかりしたが、さておき、「それで確認をお願いしたんだ、契約内容について。そうしたら、急遽のことなので駄目で元々の依頼だそうだ」

「ダメモト？」

「出演料が破格なのは本当、前金はウソ、出られなければ支払われない、それだけだ」

「……なん、と」

「エージェントは恭尋にウソをついた。それは、契約違反ではないのかな？」

「……たぶん」

「では、契約を打ち切ろう」

「……いや、だが……、いきなりエージェントなしでは仕事が……。それに、いかなる事情があろうと俺がエージェントとの契約を切るのであれば、エージェントに対して違約金を……、けれど、恥ずかしながら、支払えるだけの蓄えが、まだないんだ」

「わかった」

ギイは頷き、「ものは相談だが、恭尋、まるっとオレに任せる気はある？」

「――は？」

「今後の活動について、エージェントを付けるなり、芸能事務所に入るなり、そこに関してもオレたちが相談に乗る。というか今カンコちゃんがあちらこちらにリサーチかけてる。餅《もち》は餅屋だからな、彼女の力を借りるとする。で、現状に関してだが、エージェントとのごたごたと金銭まわりはオレの方でやる。契約のプロがいるので投入する。裁判となったら、弁護士も手配するよ。まるっとね」

「……え……っと」

狼狽しきっている城縞と、――財前。

楽しげに様子を見守っているのが皐月と莉央。

多少、はらはらしているのが託生である。

「札束で人の横っ面を叩《はた》くタイプには、こちらも札束で叩き返すのが礼儀《マナー》だからな」

にやりと笑った奇跡のような美男子の迫力に、城縞は思わず息を呑《の》む。

「どうする？　まるっと任せる気はあるかい？」

訊かれても城縞には、どう返事をしたものか皆目わからなかった。――というか、
この人はいったい、なにものなんだ？

ギイは一枚の名刺を城縞へ差し出し、

「エージェントにこの番号を伝えてくれ。以降、連絡はここと取れと。なんなら、オレが通訳として先方と話してもいい」

「……葉山くん」

城縞が託生へ救いを求める。「どうすれば……？」

「ギイに任せれば大丈夫よ、ヤスヒロ」

託生ではなく皐月が太鼓判を押す。

「そうよ、どーんとギイさんに任せちゃえ」

莉央も乗っかる。

「ありがたいと、は、思いますが」

これは新たな罠《わな》ではないのか？　本当にこの道を進んでも大丈夫なのか？　そもそも、「どうして、ここまで、してくれるんですか？」

「どうして？」

ああ、と、頷いたギイは、「それはもちろん、お礼だよ」

「──お礼？」

ここまでの厚遇をいただくような、自分が、なにを？

「ひとつめは、桜ノ宮坂で四年間、託生の伴奏を続けてくれたことへの。ふたつめは、これが決め手でもあるが、実は、オレの【sub rosa】を再び託生に弾いてもらうのに、かれこれ十年以上かかってるんだ。もし今回のことがなければ、いつ弾いてもらえたか。生涯、弾いてもらえなかったかもしれない。【sub rosa】は託生のためにこの世にあるのに」

「葉山くんのために、ストラドが――？」

城縞は軽く衝撃を受ける。

……ああ、なんだろう、この感情は。

「また、大袈裟なことを言って！」

託生は真っ赤になってギイの肩をえいえいと小突いた。「もう、いいから、城縞くんの代わりにちゃちゃっと電話しちゃって、ギイ」

「はいはい」

ふたつ返事で頷いてギイは城縞へ手のひらを差し出す。「借りていいかな、スマホ」

躊躇なく自分へ差し出された手のひらを、しばし見詰めて――。

城縞は、覚悟を決めた。

皐月と莉央が、晴れやかな表情で任せろとすすめる。

託生と演奏することで、ふたりで演奏をと誘ったことで、こんなふうに現実が、——未来が変わるなどと、想像もしていなかった。

タスケテクレ、ハヤマクン。


とうとう抱え切れずに零れた悲鳴を、こうも鮮やかに、彼らが拾い上げてくれた。

城縞はスマホをポケットから取り出す。そして、

「よろしくお願いいたします」

ギイへ、託した。


始めたものには終わりがくる。

始め方は意図しない形でもかまわない、過程でいくらでも修正が利くから。

けれど〝終わり〟は慎重にせねばならない。

真っ白な半紙へ筆で墨を落とす慎重さで。

悔いを残さないように。

そして、もし叶うのならば。

――そこへ愛を残してゆきたい。

枯れない愛を。

闇夜を導く灯台のように、明るい未来を指し示すことが、どうか、叶いますように。


「ようやくこれで、恭尋さんを私の元から送り出すことができたように思いましたよ」

真鍋教授、――ひろこ先生が言う。「桜ノ宮坂に合格して、京古野教授の門下生になれたときにもほっと安心しましたけれど。音大生として、良い道を進めたと感じて。ですが、ピアニストとしては茨《いばら》の道を歩んでいたのですね」

新人であろうとベテランであろうと、ピアニストは音で語る。

その価値を、知らしめる。

名前も聞いたことのない〝おばあちゃんピアニスト〟の演奏がどれほど素敵なものなのか、昨夜《ゆうべ》の、たった一曲の連弾で、子どもたちは理解した。――感動した。

感情がふわりと煽られて、皆が『花のワルツ』を、連弾で弾きたくなった。

そうしてまんまと触発されたひとり、皐月に、飛んで火に入るナントヤラとばかりに捕まった汐音が、室内のグランドピアノで『花のワルツ』を手ほどきしていた。

リクエストが通った皐月が楽しそうなのは当然として。

たとえお遊びでも、あのサツキ・アマノと連弾などと、汐音の緊張っぷりはここからでもわかるほどで。だが、汐音も楽しそうだった。

真鍋教授へ用意された客室はかなり広く、室内の中央にはグランドピアノまで設置されていた。窓際には十名ほどが座れるソファセットがあり、そこへ向かい合って腰を下ろし、

「ひろこ先生、ありがとうございました」

城縞は改めて頭を下げる。

「いいえ」

真鍋教授は柔らかく受けて、「古いご縁がこんな形でお役に立つとは。人とのご縁は、大切にすべきですね」

「……はい」

「恭尋さん、大学で、良い友人に恵まれたようですね」

「はい」

城縞は、室内のミニバーカウンターで人数分の紅茶を淹《い》れている、託生を振り返る。

音大時代、託生との縁を結んでくれたのは京古野教授だ。今回、再び託生と城縞を繋いでくれたのも、京古野教授と、井上教授だ。

「師に恵まれていたと、感謝して、います」

「きっかけはそうでしょうけれど、縁を育てたのは恭尋さんですからね」

「ひろこ先生、あ、いえ、真鍋教授、その、……さきほど京古野教授から伺ったんですが、今年度で教授職を退かれるとか……」

「――うそですよねっ⁉」

ピアノの前から汐音がすっ飛んできた。「ひろこ先生、本当に大学をやめてしまわれるんですか⁉　教えるの、やめてしまわれるんですか？」

「ええ、大学はね。このあたりが引き際かもしれないと考えているのよ」

「……人前での演奏も、やめてしまわれるんですか？」

寂しそうに汐音が続ける。

「そうね、始めたものは、いつかは幕を引かねばならないから」

できれば、納得のゆく演奏ができるうちに。聴いて良かったと、聴衆に感動してもらえるうちに。「あなたたちには、まだまだ遠い未来の話だけれど」

けれど、若い日々の、今日や、明日が、〝そのとき〟に確実に繋がっているのだ。

どう、幕を引くのか。

なにを、後進に残せるのか。

「……だから、誘ってくださったんですね」

汐音は、真鍋教授の隣へ力無く、すとんと座る。

託生は三人の前へ、淹れたての紅茶を置いた。

ピアノの前にいる皐月にも。

紅茶のソーサーを両手で受け取り、

「……真鍋さんって、美しい人ね」

皐月がそっと、託生へ告げる。

託生は大きく頷いて、真鍋教授をじっと見詰めて静かに涙を流す汐音の横顔を、見ない振りをした。

ずずっとちいさな子どものように洟《はな》をすすって、汐音が紅茶を口へ運ぶ。

「……熱い。…………美味しい」

「倉田さん、お砂糖やレモンはいいの？」

「大丈夫です。そしたらひろこ先生、倉田さんじゃなくて汐音さんに戻してください」

「——はい？」

「私、大学、頑張ります。けど、ひろこ先生のレッスンも受けたいです。だから、大学に入る前までのように、ひろこ先生に習いに行きます」

「大学のレッスンとは別に？　それは、大変よ？」

「わかってます」

ピアノが好き。それは、ピアノを通して、たくさんの人の心と触れ合えるからだ。そのためにも、ピアノがもっともっと上手になりたい。なにより、ピアノのことを、好きでいたい。

次は、お世辞じゃなくて、葉山託生に「素晴らしい演奏でしたね」と言わせたい。感動させてみたい。汐音が一方的にライバル視しているだけだけど、負けたくないのだ。ギイの妹で、親友のエリィ（絵利子《えりこ》）が葉山託生を贔屓《ひいき》してることも、気に入らないし。

けれど、淹れてくれた紅茶は美味しい。

今日のところは、だから、おとなしく紅茶をいただく。

——それにしても。

ギイだけでなくサツキ・アマノとも仲良しなんて、本当に、葉山託生って、わけがわからない。

サマーキャンプ最終日の夜、ケースへ慎重にしまわれた【sub rosa】が、島岡の手によって持ち帰られた。

「なんだ。てっきり、前のように使ってくれるのかと期待したのに」

ギイの冗談に、

「だから、何度でも言うけれど、ぼくには無理。怖くて、とても、手元に置けない」

託生が何度でも真剣に答える。

「まあ、いいか。オレの念願は、ちょっぴりだけど叶ったし」

バイオリンは弦との付き合いにコツがいる。演奏会がある場合、最も良く音が鳴るピークに演奏会がぶつかるよう逆算して新しい弦に張り替えるほどだ。ぶっつけの楽器ではその調整すらできない。いかに【sub rosa】が、素晴らしい楽器だとしてもだ。

本番こそ、予定どおりに託生は自分のバイオリンで演奏したが、日曜日の一曲だけでなく、最終日までのあいだに何度かギイは、託生に【sub rosa】を弾かせることに成功した。

御褒美と称して。

情けは人の為ならず、とは、良く言ったものだ。

「これからもときどきでいいから弾いてくれよ。オレも、【sub rosa】も、託生と出会うために生まれてきたんだからさ」

「だから……っ！　そういう大袈裟な冗談は、ぼくがっ、照れるから、——やめてください」

「別に、大袈裟でも、冗談でも、ないんだけどな」

「冗談で、思い出したけど。城縞くんが訝《いぶか》しがってたよ？　ギイが、冗談で、飛行機も飛ばさないぞとか言うから」

「あれも、あながち冗談ってわけでもなかったけどな」

「……嘘だろ」

「嘘だよ」

にやりと笑ったギイに、否定されたのに託生はなんだか落ち着かない。

「船は出ないが、いざとなったらヘリくらいチャーターしてあげようと思っていたよ」

「ヘリコプターを？　九鬼島に呼ぶの？」

「整地されたヘリポートはないが、余裕で降りられる空き地はあるからな」

「……ギイ」

それはさすがにやり過ぎだよと言いかけた託生の先を、

「ついでにロンドンまでプライベートジェットを飛ばしても良かったし。ロンドンまで直行便でも半日かかる、乗り継ぎ便だと下手をすれば一日だ。プライベートジェットなら、満席でロンドン行き直行便のチケットが買えない、なんてことはないからな」

「…………ギイ」

「恭尋が本心から望めば、叶えてあげる用意はあった。という意味だよ」

「でも、それにしたって――！」

「託生がこういう派手なことを嫌がるから、オレは普段はしてないだろ？　してないよな？」

「してない、です」

「だが、使うときには使うんだよ。いざというとき滞りなく使えるように常に備えておくし、その選択肢を手放す気はない。オレとしてはな」

庶民感覚の託生としては、なんとも返答に困る。

「それはさておき、良かったな。恭尋のエージェントへの違約金、ほぼゼロだ」

「そう！　それにも城縞くんが驚いてたけど、どうやって交渉したの？」

「さあ？　プロフェッショナルに任せたから、オレは知らない」

はぐらかすギイに、だが具体的に教えてもらったところで託生には到底理解できそうにないので、よしとした。気にはなるけど気にせずにおこう。

そんなことより、

「……ありがとうギイ。城縞くんを助けてくれて」

託生は改めて礼を言う。

「どういたしまして。託生には、オレの一生の思い出になる誕生日をプレゼントしてもらったし、【sub rosa】の演奏も聴かせてもらった。そりゃ、贅沢をいえば本番も【sub rosa】が良かったが、オレこそ託生にたくさんの〝ありがとう〟を言いたいよ」

「……ギイ」

「マンハッタンでの託生とサツキの演奏もエキサイティングだったが、あれに負けない迫力だったな、託生と恭尋の『序奏とロンド・カプリチオーソ』は」

「ギイ、真っ先にスタンディングオベーションしてた」

「サツキが張り合うから、負けてられない」

「なに、それ」

ぷぷっと噴き出した託生へ、

「あっと言う間だったな、サマーキャンプ」

「……うん」

「面白かったな」

「うん」

明日の朝、子どもたちを送り出したら、今年のサマーキャンプは終了する。

託生たちスタッフには、ゲストの見送りやボランティアスタッフの見送り、片付けなどの事後処理が残っているが、それはそれとして。

「なあ、サマーキャンプが終わったら、オレと短い旅行しないか？」

「楽器を持って？　うーん、一旦は家へ帰りたいかなあ」

ストラディバリウスの足元には遥かに及ばないとしても、託生のバイオリンとて貴重品である。レッスンや演奏会でもないのに、あちらこちらへ持ち歩くのには抵抗があった。

「わかった。ならば一旦、家へ戻ってから、一泊二日の旅はどうだ？」

「――どこへ行くの？」

「ドライブ」

「車で、どこへ？」

「目的地はどこでもいい。メインはドライブ。託生を助手席に乗せて、ふたりっきりで、しゃべったり、託生の寝息を運転の供にしたり、な」

「ぼくは助手席で居眠りする前提なんだ？」

「だって託生、疲れてるだろ？」

「それは、……疲れてない、とは、言えないけども」

「ま、オレが託生を連れ回したいだけだからさ」

恋人と、ふたりきりで出掛けたい。「……いい？」

そっと顔を覗き込むと、託生はちいさく頷いた。

嬉しくて、啄《ついば》むようにキスをする。

腕を伸ばしてベッドサイドのシェードランプの明かりを消す。

暗闇の中、何度も、何度も、ちいさくキスを重ねながら、ギイは託生にゆっくりと体重をかけていった――。

BLUE ROSE《ブルーローズ》 & sub rosa《スプロサ》

ここに、二挺の、音色も姿も美しいバイオリンがある。

昔々、たいそう腕の良い楽器職人が作ったものだ。

今はイタリアと呼ばれる西洋の国――。

その北部の都市クレモナで優れた師に習い、自身が天才であるだけでなく天才（奇才？）的なライバルにも恵まれ、実直な人柄のままに努力と研鑽を重ね、数々の名器を生み出し、やがて多くの弟子を持ち、存命中だけでなく死後、現在に至るまで何百年と人々に愛され、切望される、魔性の弦楽器を作りあげた職人、アントニオ・ストラディバリ。

彼の残したバイオリンを始めとした弦楽器類は、やがて〝ストラディバリウス〟という特別な名で呼ばれることになる。

二挺のうちのひとつは。

バイオリンのボディの縁のなだらかな曲線に沿って、びっしりと粒の揃った高品質のブルーサファイアが嵌め込まれている、美術品と見紛うばかりの豪華なもの。作られてからの長い年月を貴族の館の奥深くに秘匿されて過ごし、滅多に人目に触れることもなく、楽器でありながら滅多に演奏されたことのなかったバイオリンである。縁取られている印象的なブルーサファイアになぞらえて、今は、暫定的に【BLUE ROSE】と呼ばれていた。薔薇には青色の遺伝子が存在しないことから「奇跡」の異名を持つ〝青い薔薇〟は、ストラディバリウスという奇跡のバイオリンにこそ相応しい名前であろう。

もうひとつは。

ストラディバリウス特有の深いニスの色艶や造形は見事ながらも、これといった装飾のない見慣れた姿をしているバイオリンだ。数人の高名なバイオリニストに愛用された後に、今の持ち主の手に渡った。楽器も旅をするのだ。音楽の中だけでなく、時代を、そして、世界中を。今の持ち主により、密かに付けられた名はラテン語で【sub rosa】。訳は〝薔薇の下で〟。ギリシア神話の故事に基づき〝秘密の〟〝内密の〟という隠された意味を持つ。

そう、持ち主の密かな願いは、この世の誰よりも愛している恋人に【sub rosa】を愛用してもらうこと。たまに弾くのではなく、できれば常に身近に置き、慈しんでほしい――。

「前にも提案したような気がするんだけど、義一くん」

麗しき幼なじみが、からかうような眼差しで義一くん、こと崎義一、ことギイを、見上げた。

ここは伊豆半島東海岸の、世界的なピアニスト京古野耀が所有しており、地元民には昔から〝九鬼島〟と呼ばれている孤島である。そして、クラシック音楽の楽器演奏を学ぶ中学生や高校生の子どもたちを対象に、麗しき幼なじみが毎年開催しているサマーキャンプの、今年の開催場所でもある。

南国のリゾートホテルのような石造りの巨大な建物、京古野耀の自宅、その奥まった一室。窓のない四方の壁には、天井までの高さのあるショーケースが設置され、そのケースの中には古今東西の様々な、貴重な楽器が展示されていた。

部屋の名称は〝展示室〟。楽器の保管室として設計された部屋だが、薄暗い室内に楽器をしまい込むのではなく、ショーケースに並べていつでも演奏してもらえるよう常に人目に触れる形にしているのは、興味が惹かれた人にはぜひ手に取って演奏してもらいたいとの館の主の趣旨であり、とはいえ、もちろん安易な管理ではなく、各々の楽器はきっちりと快適な条件で保管されている。

その展示室に、今年のサマーキャンプの裏企画のために、サマーキャンプの期間だけ、特別な楽器が保管とともに展示されていた。

名器ストラディバリウスが二挺。

ひとつは、ギイが所有している【sub rosa】で。

もうひとつは、天才バイオリニストの名をほしいままに幼い頃から全世界で演奏活動をしている井上佐智へ、数カ月前に、ギイの友人から献呈された【BLUE ROSE（仮称）】である。

「提案？　藪から棒になんの話だ、佐智？」

「このふたつのストラド、どちらも、希望者には試奏なり演奏なりを許可することになったんだ。サポートには葉山くんがつく」

「託生が？　まあ、ストラドのサポート役となれば託生は適任っちゃ適任だけど、おい、託生の仕事を着々と増やしてないか、佐智？」

「わざと増やしたりはしていないよ」

「……わざとではない？」

「そんなこと、わざわざするはずがないだろ？　まあ、今回のサマーキャンプでは、葉山くんは通常のメインスタッフとしての仕事だけでなく、初めて、演奏者としてバイオリンを披露することになっているから、例年よりも多忙だけれどね」

「言ってることが矛盾してないか、佐智。そこに更に上乗せしてるじゃないか」

「だが、適任だろ？」

「ああ、ああ、そうだよ。ストラドのサポートに、託生以上の適任者はいないよ。わかってるけどな、そんなことは」

「恋人の体調を心配する義一くんの気持ちは理解する。けれど、葉山くんの仕事量の話は一旦横へ置いて。つまり、これは好機ではないかなと、僕は思ったわけだね」

「こうき？　どのこうき？」

「チャンスの好機」

「はあ？　現状のどこをどう見れば〝好機〟だなんて単語が出てくるんだ？」

「義一くんは葉山くんに自分のストラドを弾いてもらいたい。けれど葉山くんとしては、自分の力でようやく手に入れた自分のバイオリンがある以上、義一くんのストラドに手を出す気はない、と」

「……ああ」

「せっかく島岡さんがこの島まではるばるストラドを届けてくれたんだから、期間が終わっても持ち帰ってもらわずに、これを機に、義一くんがストラドを使って葉山くんからバイオリンを習えばいいんだよ。基礎からひとつずつ。――前にもそう、提案しただろ？」

「はあ？　オレが今更、バイオリンを？」

……苦手なんだよなあ、音楽。

ぼそりと続けたギイへ、

「本人が苦手意識を持つほど苦手ではないだろうと、僕は感じているけどね」

自己評価が厳し過ぎるのではないかと。

歌の音程こそ壊滅的だが、ギイの〝耳〟は音痴ではない。むしろ、かなり良い。リズム感は最高に良い。それに、なんといっても器用である。

「良い先生が身近にいれば、短期間でけっこう上達するんじゃない？」

「のせてもダメだ。オレにはバイオリンは難しい」

「だったら、この案は？　サマーキャンプの期間中に義一くんが試奏を申し出て、サポートの葉山くんに、お手本として弾いてもらえば、少しだけでも義一くんの願いが叶うんじゃない？」

「なるほど」

納得しつつも、「……む。試奏のサポートで、かあ……」

残念ながら、ギイが聴きたい託生の【sub rosa】の音は、それ、ではないのだ。サポートでちょろっと、ではなく、がつん！　と、弾いてもらいたいのだ。

というか、

「佐智こそ、せっかくなら弾いてくれよ、ストラドを。この【BLUE ROSE】は佐智に弾いてもらうために、はるばる大海原を渡ってきたんだからな」

やや強めに押すギイへ、麗しき幼なじみはふふふと笑い、

「好い機会があればね」

と、流した。

車内にエアコンは充分に効いているのだが、

「……あっつ」

自家用車のハンドルを握りながら、ギイがこぼした。

無事に九鬼島でのサマーキャンプが終了し、後片付けやらその他諸々の雑務もひとまず終わり、本日は束の間の休息（休日）。

遮光ガラスを通しているのに車内に差し込む陽は強いし、喉が渇いて仕方がない。

「託生、あそこに見える道の駅に寄ろうぜ。オレ、なんでもいいから、すっげー冷たい飲み物が買いたい」

基本的に暑がりのギイ。

暑いのも、寒いのも、あまり得意ではない葉山託生のようなタイプもいるが、無類の暑がりで寒さにとても強いギイは、真冬に短パンと半袖Tシャツ一枚でケロリとその辺で寛いでいたりして、わかっているのに、託生はたまにギョッとさせられる。

承知の託生は、

「うん、わかった」

助手席でこくりと頷き、「ぼくも飲み物が欲しかったし、トイレ休憩にもちょうど良いね」

早速とばかり、手元に出していたスマホやウォレットを、シートベルトをしたままもぞもぞとパンツの後ろポケットにしまったり、クルマを降りる準備を始める。

国道沿いにぽつりぽつりと点在している、地域色豊かな道の駅。前方に見えているのは、その中でもかなり広めのドライブインだ。

八月の半ば過ぎ、人によっては社会人であっても長期休暇となるお盆休みが終わった直後だが、未成年の多くはまだまだ夏休みを謳歌している。本日は平日なれど観光地はどこもそれなりに賑わっていて、国道を走るクルマの量は多く、車種もナンバーもバラエティに富んでいた。

「そうだ、お土産！」

託生がハッと思い出す。

伊豆で行われたサマーキャンプ。伊豆といえば観光地、そして、お土産である。大学の学生課を始めとした主な先方へのお土産は、井上教授室からという形で、既に用意されていた。あとは各所に届けるだけである。

なので、それとは別の、プライベートの。

せっかくギイがコンビニではなく、道の駅に立ち寄ろうと誘ってくれたのだ。帰路の途中、ここから二時間も走れば自宅に着くが、道中は観光色のない至って普通の街中で、あの道の駅を逃すとそれらしい物を買う機会はなさそうだった。

と、

「土産？　誰に？」

瞬時に返したギイ。

持ち前の安全運転意識の高さ故、視線はしっかり前へ向けられたままだが、声音は明らかに訝しげであった。

「え？　誰って……？」

お〝土産〟という単語になぜにそんなに訝しげにされねばならぬのか。託生の方こそ、訝しい心持ちになる。

「土産は大袈裟だろ。今日のドライブは近所をふらっとしただけで、出掛けたうちにも入らないぞ」

ギイは言うが、そんなことはない。

ほんの数ヵ月前まで世界中を（誇張ではなく）忙しく飛びまわっていたギイにしてみれば、確かに今日の日帰りドライブなど出掛けたうちにも入らないだろうが、託生にとっては、県をひとつでも跨げば（それも仕事ではなく、お休みの日に）、それは充分に遠出である。

しかも、なんたって、これは〝デート〟なのだ！

この春に、それまで国際規模の遠距離恋愛をしていたギイと託生は、(一緒に暮らすことを切望していたギイとしてはついに、というか、ようやく)日本でハウスシェアを始めたので、ふたりきり、という状況はまったく珍しいことではないのだが、ふたりきりで出掛けることは、たとえ日帰りであろうと、それもギイの運転でドライブデートとなると、かなり久しぶりであった。

ギイが運転する隣のシートに座っているだけで、嬉しくて、なにもしていなくても託生の気持ちはずっとふわふわしていた。

「わざわざ、誰に、土産を買うんだ?」

訝しげなトーンのまま、ギイが繰り返す。

「日持ちがしそうなお菓子なら、赤池くん? それと、井上教授にも」

「章三に? 託生が、土産を?」

意外そうなギイへ、

「だって、ケーキの作り方、教えてもらったし」

「……確かに」

ギイが静かに納得する。「チャレンジは失敗に終わったとしても、託生、章三に習ってオレの誕生日ケーキを作ってくれようとしたんだものな。なら、礼を兼ねて章三に土産を買うのは、アリだな」

「でしょう?」

託生はやや得意げに頷く。——可愛い。

「で、佐智は? 夏休みだろうとおかまいなしに託生をコキ使う雇い主に、なんだって土産を?」

「コキ使うって、人聞きの悪い」

託生は軽く笑ってから、「サマーキャンプのスタッフとして働くのは、ぼくには当然の仕事だよ? 時期的に世間が夏休みだからって、関係ないし。というか、夏休みでないと、まとまった期間が必要な音楽キャンプなんてできないし」

クラシック音楽を勉強している子どもたちを対象に毎年開催されているサマーキャンプ。主催は、幼い頃から世界的に活躍している天才バイオリニストであり、桜ノ宮坂音楽大学の若き教授でもある井上佐智だ。彼は、託生が尊敬して尊敬して尊敬しまくっているバイオリンの恩師であり、憧れのバイオリニストである。

音大に在学中は、曲がりなりにもバイオリニストを目指していた託生だが、現実の壁は絶望するほど厚くて高かった。とんでもないレベルのライバルがごろごろと存在しているのだ。しかも同学年だけでなく、上級生にも下級生にも、ごろごろと。ひとつの大学だけでこれである。いったい日本にいくつの音大があると？　ついでにいえば、世界にどれだけバイオリニストを目指す天才クラスの若者がいると？

音大の卒業生は（悲しいかな）潰しがきかないことでも有名で、皮肉にも、大学院への進学率の高さがそれを裏付けていた。経済的な事情もあり、託生は卒業後は大学院へ進むことなく、オーケストラの団員募集を含め一般職の就職活動をしたのだが、ことごとくお祈りメールが届く惨敗っぷりであった。自分の将来にまったく希望を見出せず、路頭に迷っていたときに、

「葉山くん、うちのスタッフになる？」

と、きさくに声を掛けてきてくれたのが、井上教授であった。

溺れる者は藁をもつかむを地でゆくように、一も二もなく就職を決めた。だが、仕事を始めてみて気づいたのが、井上教授の助手（事務や、ちょっとした演奏技術の指導をする）という、井上門下生相手のこの仕事が〝楽しい〟ということだった。もうひとつ、単に仕事にあぶれて困っている託生を見るに見かねて井上教授が温情を掛けてくれたわけではなく、信じられないことながら、ちゃんと見込まれて、声を掛けてもらっていたことに、数年後、気づいたのだ。

その上に今年は、サマーキャンプに向けて、久しぶりにバイオリンの指導をしても

らった。井上教授は卒業した門下生にはどんなに懇願されても指導をしない方針なのだが、諸事情により、特例中の特例として、指導を受けることができた。

人前で、久しぶりにバイオリンを弾いた。とても緊張したけれど、演奏後、感動のままに輝くような表情の人々から送られる熱い拍手は、なにものにもかえがたい恍惚のひとときでもあった。

「そのせいで、オレは託生とまとまった旅ができないんだぞ。せっかく大学は夏休みなのに。大学は、このあと、一ヵ月以上も、休みなのに」

むっすりと返すギイへ、その超絶に整った横顔へ、

「とかいって、たくさん、たーくさん、協力してくれて、ありがとう、ギイ」

井上佐智の幼なじみ（ギイ曰く、悪友だそうだ）であるギイは、口ではあれこれくさすのだが、ギイのおかげで今年のサマーキャンプが大成功のうちに終わったといっても過言ではないのだ。それくらい、ありとあらゆる場面で、とてつもなくお世話になった。陰になり日向になり、力になってくれた。

託生の笑顔にギイが怯む。

「……別に？」

ギイは素っ気なく返して、「買いたいなら、佐智への土産も買うといいさ」

「うん、そうする」

託生は大きく頷いた。

さて、なにを買おう。良さそうなものがあるといいな。

道の駅の広くて明るい店内には、新鮮な採れたての地元野菜がふんだんに並んでいて心躍ったが、章三にしろ井上教授にしろすぐに手渡せるわけではないので、さすがにお土産としては選べない。

ふと、ストラップがずらりと並ぶ華やかな棚が託生の目に留まった。ご当地マスコットや定番のキャラクター商品、キラキラしたアクセサリーのようなストラップに交ざり、なぜか(?)何種類かの楽器のストラップが売られていた。作りはかなりシンプルだが、お手頃価格のストラップなのでこんなものだろう。

「楽器のストラップが道の駅に売ってるなんて、珍しいこともあるものだなあ」

もちろん簡略化されているが、楽器の中でも作りやすそうな形状をしているクラリネットやトランペット、フルートにサックス……。「――え? バイオリン⁉」

託生は思わずストラップを手に取った。

正確には、バイオリンらしき形のもの。各パーツのバランスが微妙なので、ひょっとしたらビオラかもしれない（いや、そんなことはあるまい）。

赤池家へは、お菓子を選べばそれなりに喜んでもらえるだろうが、果たして、井上教授はどうだろう――？

「食べ物より、もしかしたら、これの方が喜ばれるかな？」

バイオリンのストラップ。子どもだましのクオリティだが、そもそもバイオリンのストラップという時点で、レアである。

「もしかして、佐智に？」

背後からひょいと肩越しに、長身のギイに手元を覗き込まれた。

「うん、バイオリンだし、日帰り旅行のちょっとしたお土産としては、悪くないのかな？　って」

「まあな」

頷いたものの、「けど、さすがに、ちゃちくね？」

――ちゃちい。それは、否めない。

「ダメかなあ……、井上教授には相応しくないかなあ……」

「いや？　選択としては悪くないんじゃないか？　佐智といえばバイオリン。あいつが愛用しているのはアマティだが、バイオリンはバイオリンだからな。バイオリンのグッズをプレゼントされたら、そりゃ、どんなものでも嬉しいだろうさ」

「ストラドは、喜んでもらえなかったけれどね」

託生が橋渡しすることになった、井上佐智へ献呈された【BLUE ROSE】。すげなく受け取り拒否されて、その後、どうにか受け取ってもらえたものの、そのまま、右から左に大学へ。

「せっかく、はるばるアメリカから佐智の元へ届けられたんだものな。家で一回だけ弾いてくれたが、アマティほどでなくてもいいから、ケチらずに、ちょいちょい弾いてもらいたいよなあ」

「……うん」

師匠アマティのバイオリンから一番弟子ストラディバリのバイオリンへ。乗り換えずとも、たまには演奏してもらいたい。託生とて、井上佐智が弾くストラディバリウスには強く心が惹かれる。愛器アマティを奏でることで紡がれる世界とはまた違った景色が、そこには広がっているのだ。

「そうだ、なら、オレたちで作っちまおうか、バイオリン」

「え？　バイオリンのストラップを自作するってこと？」

「んー？　どうせだったらもう少しゴージャスにしようぜ。そうだ！　いっそブローチにしよう。ストラドをモデルにして。託生、協力してくれるよな？」

「もちろん！　じゃあ【BLUE ROSE】を作るんだね？」

「そういうこと。バイオリンの縁に、びっしり宝石を嵌め込んでやろう」

嬉しそうに笑うギイへ、

「それ、いいね！」

託生もワクワクと顔を輝かせた。

ギイはひっそりと計画する。託生には内緒で【sub rosa】も作ろう。そして、佐智には【BLUE ROSE】を、託生には【sub rosa】を贈ろう。

佐智が主催のサマーキャンプで、ようやく託生に【sub rosa】を弾いてもらったけれども、本物はまだ、託生の元に迎えてもらえないから。

せめてもの。——sub rosa。

薔薇の下で、願いを込めて。

ファーストネーム

九鬼島から帰宅するには、熱海港まで京古野家所有のクルーザーで送ってもらい、そこから先は熱海駅から新幹線でスピーディーに移動する。だがもし時間に余裕があるのなら、せっかく観光地である伊豆半島まで来ているのだ、相模湾の景色を眺めつつ、のんびり踊り子号での移動も良いだろう。

もしくは熱海港付近に預けておいたクルマで、伊豆の温泉やグルメを堪能しつつ、自分のペースや好みのコースで帰宅するのもありだ。

サマーキャンプの全日程が終了し、九鬼島の南、船着き場にて、見送る側と見送られる側とに分かれる。

ゲストの城縞恭尋は船上へ、スタッフの葉山託生は見送る側だ。

「それじゃあまたね、城縞くん」

晴れやかな表情の託生と、

「──また」

同じく晴れやかな心持ちながらも、他意はないが、持ち前の愛想のなさで、いつものように返した城縞は、託生の隣でにこにことこちらを見送っている崎義一へ、改めて、「崎さん、本当に、ありがとうございました」

礼を伝える。

と、透かさず、

「〝ギイ〟だよ、恭尋」

絶世の美男子から、からかうように訂正された。

知り合ったばかりの人にファーストネームを呼び捨てにされるのは、海外で仕事をするようになってからはそれなりに慣れた。だが相手が日本人となると、やはり、かなりの違和感を抱く。大学時代からの付き合いの葉山託生とは、未だに〝葉山くん〟〝城縞くん〟と、呼び合う仲だ。けっしてよそよそしいわけではなく、初対面の呼び方のまま、変更なく、ここまできていた。

この数日でギイに〝恭尋〟と呼ばれるのは馴染んだが、自分が〝ギイ〟と呼ぶのには、まだ、気後れする。

という城縞の気持ちを察してか、

「そんなにしつこく強制しなくてもいいじゃないか、ギイ」

苦笑する託生へ、

「なーに言ってるんだ、この遠慮のカタマリくんには、多少しつこくしなけりゃ前に進めないだろ。オレが恭尋から〝ギイ〟って呼ばれたいんだ。邪魔するなよ、託生」

――オレが恭尋から〝ギイ〟って呼ばれたいんだ。

城縞は不覚にもドキリとした。

すっと、胸の内に入り込んでくる、美醜を含め人の見た目にはあまり左右されない城縞ですら、圧倒的な存在感に怯んでしまうほど魅力的な男。

彼は、託生と高校からの友人だというが、大学時代から借りているアパートに最近までひとりで住んでいたはずの託生が、今はふたりで一軒家で暮らしていることも、彼が託生に向ける慈しむような眼差しや、託生の伴奏をしていたというだけで城縞に破格の便宜を図ってくれたことにも、色恋沙汰にはとんと疎い城縞だが、少なからず感じるものがあった。

なにより、あの葉山託生の、崎義一といるときに纏う空気の柔らかさ。

自分も他人のことをいえた義理ではないが、とっつきにくい、とか、冷たいとか、ちょっとした緊張を周囲にもたらす佇まいだったのに。

高校のときの同級生で、友人であることも違いないのだろうが、――そういえば、好きな人の話とか、在学中、まったくしたことがなかったな。

自分はピアノに夢中でそれどころではなかったし、託生にも気になる人がいた気配はなかったから、会話のデッキにその手の話題の上がりようもなかった。

葉山託生のバイオリンに関しては、その音や、演奏について、もしかしたら自分は井上教授に次いで理解しているのかもしれないが、葉山託生自身に関しては、……もしかしたら、こんなに長い付き合いなのに、自分はまったくわかっていなかったのかもしれない。

「邪魔するなよ、ってギイ、別に、邪魔してるわけじゃないだろ」

託生が言い返す。

「おやおや、無自覚なのかな、託生くん？　それともなにか？　オレが恭尋と仲良くなると、妬けるのか？」

にやにやと笑う美丈夫に、

「ばっ！　ばっかじゃないの、ギイ！　そんな話はしてないだろっ」

託生はさっと耳まで赤くして、拳で軽くギイを押し遣る。

「押すなって、痛いよ託生」

痛がるわりに、ははは と明るく笑いながら、「だったら託生も、そろそろ〝葉山くん〟〝城縞くん〟を卒業して、〝託生〟〝恭尋〟と呼び合う仲になりたいって、恭尋に言えばいいだろ？」

「えっ⁉」

瞬時に動揺した託生と、

「……え？」

一歩遅れて動揺した城縞。

呼び方なんて、気持ちが籠もっていればどんなふうでもかまわない。たとえ名字呼びだとしても、それはよそよそしいという意味ではないから。

——だが。

ハッと顔を見合わせたきり、微動だにせず固まる城縞と託生に、ギイはたまらず、

「なんだよ、似た者同士かよ」

ぷぷっと噴き出した。

託生が〝呼び捨て〟に反応して固まったのは、これが初めてではない。

託生は今でも鮮明に覚えている。高校二年に進級した春、祠堂学院の学生寮の305号室で、ふたり部屋の同室となったギイから、託生は出し抜けに〝託生〟と呼ばれ

たのだ。それまでの〝葉山〟呼びではなく。

その途端、気持ちも体もギィに強く惹きつけられた。どうしていいのかわからなくて、結果的に、託生はギィから逃げ出した。――懐かしい。

やがて、託生も〝崎くん〟呼びから〝ギィ〟へと変わった。

返事はうやむやのまま、城縞が熱海港行きのクルーザーに乗り込む。

港を出て行くクルーザーを見送りながら、託生はふと、気がついた。でも自分は、ギィとは呼ぶけど、義一、と、呼んだことはない。

正しい呼び捨ては〝義一〟なのに。

彼の周りのどんなに親しい人ですら、ギィと呼んでも義一とは呼ばない。〝ギィ〟は本名の一部だけれど、つまりは、ニックネームのようなものなのだ。


――今度、呼んでみようかな。


ちょっとした悪戯心で、託生は思う。

誰もギィを義一とは呼ばないから。そのとき、ギィはどんな顔をするだろう？

いつか、とても特別なときに、さりげなく、そう、呼んでみようか。

ショートストーリー　葉山託生の挑戦

「だとしたら、練習を僕の家でやっても意味ないだろう?」

電話の向こうで赤池章三がけらけらと笑う。「本番では葉山ひとりで作らねばならないだけじゃなく、作る場所は自宅の、山下家のキッチンなんだろ? 勝手の違う他人の家のキッチンで作れるようになったところで、自宅のキッチンで作れなければ、まったく意味がないぞ。しかも、初心者だろ、葉山?」

章三の正論に、しかも、すっかり盲点であった指摘に、

「……確かに」

託生は大きく頷いた。つい、環境がばっちり整っている快適な赤池章三の自宅キッチンをあてにしてしまったけれども、いざ本番となれば、もちろん託生は自宅のキッチンで作るのだ。

散々笑ったあとで、

「それにしても、甘いものはたいして好きでもない葉山が、しかも、いつまで経っても料理の腕すら上がらない葉山が、ギイのためにお菓子を、それも誕生日のケーキを作りたい、とか。——恋人との同棲生活ってのは、葉山ですら成長させるものなんだなあ」

章三がしみじみと続けた。

「……成長、してるかどうかは、わからないけど」

かれこれ十年以上前、懐かしき高二の文化祭で、クラスの出し物である甘味処に便乗してギイが託生へゴージャスなスペシャルパフェを作ってプレゼントしてくれた。託生としては、せっかく恋人が心を込めて作ってくれたのだし、喜びたかったけれども、どう気持ちを奮い立たせても、微妙な表情になってしまったのだった。

それはさておき、からかわれているのは百も承知で、

「だって、今年の誕生日は特別だし」

託生は素直に返した。

ギイの誕生日当日に、本人を目の前にして祝えることなど、過去に、まったくと言っていいほどなかった。なのに今年は、当日にギイは日本に、託生と共にいるのだ。

それだけでも特別なのに、今年で三十歳を迎えるギイ、長い人生のひとつの節目ともなる、記念すべき誕生日なのである。

ギイの誕生日には会えないのに、世界中を忙しく飛び回っているギイが託生の誕生日には毎年、たとえ日帰りになったとしても、来日して、目の前で祝ってくれたのだ。

いつもいつもしてもらうばかりの託生としては、迎える特別な日を、なんとしても、これ以上にないほど特別な日にしたかった。そのための特別な贈り物をしたかったし、なにより、ギイに喜んでもらいたかった。

「まあ、心意気は買うよ」

章三はからりと受けて、「ただな、葉山、お菓子作りってのはたとえるならば化学の実験みたいなものだから、ほんの少しの分量のミスや、ほんの少しの作業のミスで、たとえば、たった一滴の水で台なしになるとか、狙った化学反応が起きなくて失敗したりするんだよ」

「……え。そんなに厳密なのかい？」

お菓子くらい、と、舐《な》めていたわけでは決してないが、そこまでハードルが高いとも、想像していなかった。

「だから、僕からの提案は、リスクを下げるために市販のホットケーキミックスをベースにした、葉山にでも作れるケーキにするとか――」

「がっ、頑張るから！」

それではぜんぜん意味がない。

そもそも市販品を利用してでも失敗を避けるというのなら、端からケーキのスポンジ台を買い、ホイップされたクリームを買い、そこへ果物などを加えてデコレイトすればあっと言う間にそれなりのクオリティのケーキが完成だ。

だが違う。そうじゃない。

「一から自分で、作りたいんだ」

「わかった。ならば葉山託生よ、心して僕の教えを受けるがいい」

「はい！　赤池先生、ご指導、よろしくお願いします！」

「ならば早速、まずは基本の練習な。初回は僕が材料を揃えて、ギイがいない日に山下家へお邪魔するよ」

「うん。ギイのスケジュールを確認してから、連絡するね」

「じゃ、またな」

ぷっと通話が切れる。

「――よし」

託生は胸の前でちいさくガッツポーズをした。ここ一ヵ月ほどネットでケーキ作りの動画を見まくったおかげで、自分の中で具体的にイメージできるようになり、ようやく章三へ（勇気を出して）指導を頼む決意が固まったのだった。

ギイの誕生日はまだ何ヵ月も先だけれど、早めに備えておいて損ということはない。なにせ、ケーキ作りは初めての挑戦なのだ。おまけに、初めてなのにそれなりの物を作りたいと狙っている。

「……頑張るからね、ギイ」

さて、どんなケーキがギイに一番喜ばれるだろうか。

託生はいそいそと、勉強の続きとばかりタブレットで動画サイトを開く。

ギイが全ての仕事を手放し実質リタイアしてしまったことは、正直、託生には説明されても理解できない。仕事に戻るべきでは？　とも、思う。けれど、だからこそ彼は今、自分のそばにいる。——一緒にいられる。

「……ああ、駄目だなあ、ぼくは」

一緒にいられるのが、とても嬉しい。

とてもしあわせなのだった。

本書は、二〇二二年二月に小社より単行本として刊行されました。文庫化にあたり、書き下ろし短篇「ファーストネーム」と、30周年記念グッズの特典小冊子に収録された「BLUE ROSE & sub rosa」、単行本刊行時に購入者特典として配布されたショートストーリー「葉山託生の挑戦」を加筆修正のうえ、収録しました。

崎《さき》義《ぎ》一《いち》の優雅《ゆうが》なる生活《せいかつ》

フラワー・シャワー

ごとうしのぶ

令和6年 4月25日　初版発行

発行者●山下直久

発行●株式会社KADOKAWA
〒102-8177　東京都千代田区富士見2-13-3
電話　0570-002-301（ナビダイヤル）

角川文庫 24137

印刷所●株式会社暁印刷
製本所●本間製本株式会社

表紙画●和田三造

●お問い合わせ
https://www.kadokawa.co.jp/（「お問い合わせ」へお進みください）
※内容によっては、お答えできない場合があります。
※サポートは日本国内のみとさせていただきます。
※Japanese text only

ISBN 978-4-04-114943-0　C0193

◇◇◇

角川文庫発刊に際して

角川源義

第二次世界大戦の敗北は、軍事力の敗北であった以上に、私たちの若い文化力の敗退であった。私たちの文化が戦争に対して如何に無力であり、単なるあだ花に過ぎなかったかを、私たちは身を以て体験し痛感した。西洋近代文化の摂取にとって、明治以後八十年の歳月は決して短かすぎたとは言えない。にもかかわらず、近代文化の伝統を確立し、自由な批判と柔軟な良識に富む文化層として自らを形成することに私たちは失敗して来た。そしてこれは、各層への文化の普及滲透を任務とする出版人の責任でもあった。

一九四五年以来、私たちは再び振出しに戻り、第一歩から踏み出すことを余儀なくされた。これは大きな不幸ではあるが、反面、これまでの混沌・未熟・歪曲の中にあった我が国の文化に秩序と確たる基礎を齎らすためには絶好の機会でもある。角川書店は、このような祖国の文化的危機にあたり、微力をも顧みず再建の礎石たるべき抱負と決意とをもって出発したが、ここに創立以来の念願を果すべく角川文庫を発刊する。これまで刊行されたあらゆる全集叢書文庫類の長所と短所とを検討し、古今東西の不朽の典籍を、良心的編集のもとに、廉価に、そして書架にふさわしい美本として、多くのひとびとに提供しようとする。しかし私たちは徒らに百科全書的な知識のジレッタントを作ることを目的とせず、あくまで祖国の文化に秩序と再建への道を示し、この文庫を角川書店の栄ある事業として、今後永久に継続発展せしめ、学芸と教養との殿堂として大成せんことを期したい。多くの読書子の愛情ある忠言と支持とによって、この希望と抱負とを完遂せしめられんことを願う。

一九四九年五月三日